我与脱贫攻坚同行诗选

《星星》诗刊
罗江区委、区政府 编

黄河出版传媒集团
宁夏人民出版社

图书在版编目（CIP）数据

我与脱贫攻坚同行诗选 /《星星》诗刊　罗江区委、区政府编．
—银川：宁夏人民出版社，2019.8

ISBN 978－7－227－07077－1

Ⅰ.①我…　Ⅱ.①星…　②罗…　Ⅲ.①诗集－中国－当代　Ⅳ.①I227

中国版本图书馆 CIP 数据核字（2019）第 198184 号

我与脱贫攻坚同行诗选　　《星星》诗刊　罗江区委、区政府　编

责任编辑　杨敏媛
责任校对　白　雪
封面设计　李　娟
责任印制　肖　艳

黄河出版传媒集团
宁夏人民出版社　出版发行

出 版 人　薛文斌
地　　址　宁夏银川市北京东路 139 号出版大厦（750001）
网　　址　http://www.yrpubm.com
网上书店　http://www.hh-book.com
电子信箱　nxrmcbs@126.com
邮购电话　0951－5052104　5052106
经　　销　全国新华书店
印刷装订　四川金邦印务有限公司
印刷委托书号　（宁）0014695

开本　787 mm×1092 mm　1/16
印张　20
字数　250 千字
版次　2019 年 9 月第 1 版
印次　2019 年 9 月第 1 次印刷
书号　ISBN 978－7－227－07077－1
定价　80.00 元

目　录

在罗江灯盏村想起川剧鼻祖李调元

龚学敏

2017年10月26日在罗江县开展精准扶贫的农村采风，途经灯盏村

——题记

唱川剧的黑鸟，在戏文中磨刀
直到一句高腔剖开瘦弱的云

中巴载着的字长在青见的果酸上面
草帽依次成为象征的药
在崖上说话，俗世像鸟一样飞

搓成小家一般细的碧玉，拴在
村子的名字上，坠入戏窝子的水中
树上的鱼，一次次地用扮相耐看
从戏本的风中新长出的风
给村民砌墙，像是简化过的字

灯盏是掉进天空的一个手势

讲课的槐
把时间装进隔壁炊烟的声色里

把路唱硬的纸
别在拖拉机帮腔的树影中

唱川剧的黑鸟，在灯盏的村名中
种菜籽，浸油
戏台用一种崭新的黑，等着
敲锣的词

张家界四都坪乡扶贫记（组诗）

李自国

摘掉和平村的穷根根

在四都坪，在遥远的和平村
我认识了一亩园经济
都是些乡情、亲情，从田陇里
生长出的一千匹、一万匹拖拉机马力

这就是四都坪的最大尺寸吗
非也。我还认识了青钱柳、花椒、桃和李
都是些好婆婆、好媳妇、好邻居
我还结识了真正的穷人，什么叫穷人
就是躺在卡片上，因病，因残
因生活艰辛，需要苍天帮扶的人

就是在和平村，生在穷乡僻壤

长在穷根里，有手有脚，有山有水
却一辈辈一群群，无粮食糊口的人

他们都是些好人，都是人民的人
在张家山的高山、水坝的流水
在辽竹坪的翠竹、古树岗的森林
我卸下，随身携带的温暖和叮咛
开始与那些山水对话，与那些竹与树
谈人生，叙爱情，我的心在怦怦跳动
我的青春，已被早年的诗行埋葬在这里

愿把异乡认故乡，愿认牛和羊群的
外地亲戚，我已抖落满身的尘土
我已分清，爱和恨，真理与良知
我已从四都坪塑造的，一个个凡夫俗子
原型里，懂得什么叫真正的三生有幸
什么是有血有肉的作品，尽管
我从永定的风中，从四都坪的
雷声里回来，已是人约的黄昏

最后一公里

油亮亮的，在心中
在群山间蜿蜒起伏

仿佛亲人伸向远方的手臂
又像是少女，舞动着漫无尽头的纱巾

在四都坪，我品尝到的乡村风味
是原汁原味的阳光与空气
我触摸到的庄稼，是爱情的生鲜

我穿过稻谷、油菜籽、香菇、花生
穿过中药材、山野菜与上弦月
穿过猪、牛、羊、风和家禽
穿过老人的呻吟，断线的炊烟
穿过语文、微信、图画课本

当物流把拼音堵在最后一公里
当贫穷将童谣困在最后一公里
吵了一辈子架的最后一公里
又走到了一起，在乡下，守门的黄狗
老死在思念也挨不着的最后一公里
这是星星点灯、草木藏人的
最后一公里，这是花儿生翅膀
牛羊匍匐在地的最后一公里
油亮亮的，在异地他乡
我虽离你千里，但四都坪已打通了
乡亲们最后一公里的血脉与关节
打通了张家界一幅流畅的乡村版图

剩下一公里的提速，是我油亮亮的诗句

入宿辽竹坪

染上它的绿了，因为拈花惹草
因为湘西水牛，慢悠悠的
驮着我的诗句，我就不想走了
我要住下，在这穷得叮当响的
乌有之村，住上一宿
这里的青钱柳茶叶，恰好
将我的血压，从城里的高楼
降成辽竹坪的平地
也让我多余的脂肪，给乡村
点一盏灯，去照耀，或是温暖
寒冬里，赤脚上学的孩子

宁静的夜晚和我交换汉字
我却用汉字去买来青钱柳
去给乡村交换爱心、童心和善心
交换出来的人民币，给老乡摘帽
摘掉贫困、哀叹和愁绪

而黎明，我开始在这里疗伤
因为写诗，我浑身上下，已是满目疮痍

我要用人间烟火，当一剂消毒液
反反复复擦洗，然后找回村里的
祝福与叮咛，当作纱布，去遮风挡雨
抑或当创可贴，去除暴安良、劫富济贫

我还要用这两张，被都市雾霾
压抑太久的肺叶，在这里交换远方
交换负氧离子和诗句，有了这么多的
氨基酸亲戚，这么多的无污染无公害
无转基因的帮扶卡片，我的诗歌
也要和这里的乡亲们并排坐一起
帮扶成青山或绿水，抑或一块
原始森林植被，去覆盖高山与湖泊

最后，我想用纯朴的民风
替我的诗歌减肥，蒙恩在辽竹坪
我更要借用夜里的地理与气候
细心去帮扶粮食、蔬菜和水果，让它们
载着乡村鹅黄的梦，勇敢走出山外

写在贵州威宁（三首）

干海兵

仰天窝的土豆

在五月，土豆以潜伏的
姿势，守在仰天窝
那些对抗饥饿的
集束炸弹，那些尚在发育的
春天的乳房，被迟到的
花蕾，小心地点燃

一万颗土豆在山坪，滚动的
声音，将如鼓声
传递到秋收的每一个碗中
登高望远的土豆，喊着民歌
在沟壑或峰顶跌跌撞撞的
土豆。兄弟哟

炊烟中有它、婚宴中有它
吹吹打打的生死中。开着微蓝的
带紫的花呦。九月将有一把
带泪的火，将它烤熟
而大雪覆盖南高原的时候
这一片薄土将发出打嗝的声音

石门坎的中午

她坐在老屋的石阶上
小巷的深处，阳光的下面
慵懒的小狗的旁边

她眯缝着眼睛剥豆角
翡翠的绿打开，一声来自
田野的小小的蛙鸣
春天奔涌

她坐在正午的四月
一滴雨水的末梢，阳光的剪刀
轻轻游移的边缘。她更像是在
拆带露水的信件，或
缝补自己年老的影子

她就坐在阳光下，整整
一个中午。乡村吉祥

威宁的草海

2000 多米的高风，让群山飞舞
而众草颔首的水面
白云竞渡，穿青衣的女子
隐约在蒹葭苍苍的
民歌深处

是天空的海吗，镜子中
牧牛的村童把连绵的绿吹奏给
无边无际的五月
是海的天空吗，那些湿漉漉的
杏子如南高原早起的星辰

有一方会拔节的大海，以青春的
姿态。荡漾在时光当中

大凉山（五首）

鲁　娟

大凉山

凉山的山
是大山中的大山
纵横八百里
每一座山都连着
另一座山
每一条河都连着
另一条河
每一本家谱都连着
另一本家谱
家谱中每一个名字
都闪着古老的印记
携祖传的慷慨仁慈
代代流传

这样的抒情有些古旧
却永不过时
满山的石头
多像素未谋面的先祖
静静端坐
只要你爱
它就会捧出源源不断的乳汁
源源不断的甜
永远喂养我们
传说中黑色的山脉
由男人的骨血构成
于是女人们心甘情愿地住下去
从颜如桃花到白发苍苍

四月过故乡

无数次注视夜色缓缓降下
这一次却差点落泪
群山沉默
像寡言的祖父
或老去的父亲
俯下身来轻抚我的额头
群山温柔
索玛怒放淹没通向村庄的路

洁白的苹果花静静赞美着母亲
各色花香就快要
快要把我领回孩子们的家

形　式

调侃太浅薄
它投机取巧
赞美是必须的，但远远不够——
文字过于单调
音乐也不够
或者绘画，或者舞蹈
包括一切艺术
仍不足以配上她们的美
她们的苦难，她们的坚韧
她们被误解或忽略的一生
……
山上住着多少这样的人
一生也没下过湿漉漉的山头
眼睛像星辰般闪烁
灵魂像蕨草般卷曲
一遍遍反复割掉又疯狂生长

夏日短歌

一支轻快明亮的歌
从一万声啁啾中
脱颖而出
它替所有的美发出声音
桦树柏树停止交谈
云雀伸出脑袋张望
斑驳的光亮在苔藓上歇息
一切愁绪都已了结
所有的希望都有了眉目
为它轻轻和音的是
一处林荫庇护中的孩子
呵，这漏往人间的福
沉沉无辜地睡去——
口含薄荷
心盛清泉

亲历者

湖水慢慢变蓝
开始一丁点
再一丁点

最后铺天盖地
翅膀轻轻颤动
开始一下
接着再一下
唤醒整座山谷
一个清晨
往往总是这样醒来
最早舞动的蝴蝶
迎面遇上喧哗涌入的人群
它的快乐因为没有欲望
闪亮得格外刺眼

在金钱与灵魂之间（组诗）

张庆岭

致扶贫志愿者

一滴卑微的红
从爱与悲悯的血管里流出
不减当年钢铁般的血性太阳一样的热烈
亦如五千年文化澎湃的长江黄河

顺着苦难腌制过的方向
像寻找童年那样寻找镰刀与斧头的初心
从自己的心中出发
好好到达 960 万平方公里的每一处山山水水
每一个村村落落

在安乐与忧患之间选择忧患
在金钱与灵魂之间选择灵魂

但，命运断定：在必然流干的地方
定是朝阳下血红血红的海洋

为一位小人物写传

他，不是一名保家卫国的战士
因此我不能说他是现代最可爱的人
他，也不是一位马云一样既腰缠万贯又
驰名天下的中国商界巨亨
因此我无法称他是当代中国经济的纳税超人
更没有理由去为他歌功颂德彪炳青史
他，更不是一位哪怕只是执掌一乡一镇一县的地方长官
因此我就更加没有由头和盘托出他的远大抱负
以及卓然政绩从而结结实实地送给
世人一个万般景仰的理由
他，只是一名来自乡下的创业者
他，只是把自己与众不同的超市由小开到了大由乡下开
到了城里
再将扶贫的梦想开进了贫困的村落
他，是一位只读到大学二年级就毅然发誓要用实业
去拯救现代“青年人心灵”的“狂妄小子”
他，发誓要用爱来打败由金钱豢养出的时风世俗
他，一年又一年地资助了那么多孤寡老人社社区区的特
贫户

村村镇镇的留守大军
他，用无偿的大米白面说话用不图回报的鸡鸭鱼肉发言
逼孤独寂寞低下头来让祥和东风浩荡乡邻
而他，却从来没有过一句豪言壮语
更没有半纸大师级惊世名言
他，只是一个八零后
他，只把永远的爱与微笑刻在时光里
他，只有二十九岁
哦，对不起！我只能尊重他的意愿
不能告诉你他的名字

好想变成一件商品飞向远方

不是羡慕
更不是嫉妒
只是从心底突然冒出的一次怪异

在这名叫“扶贫”的超市
在这后浪推前浪大潮一般物欲横流的天下
真想变成一件特别的商品飞向远方
不自负、不标价、不王婆一样自卖自夸

比如就变成一枚新疆或者青海超个大枣
就变成一瓶山东的香油山西的醋

王致和满含诗意的豆腐乳
比如就变成一袋子白面一包大米　或者
一堆黄瓜一捆韭菜几个饱含爱意的茄子
或者只是一个西红柿一样的笑脸
或者，再比如就变成冒着诗歌热气的文学读本
一行一行地把那些心中的泥泞
硬化、绿化、美化……

一年 365 天只要需要
我就急切地从远方跑到慈善的计划里
再通过一只只大爱之手
被送到那些山山水水村村落落的手中

但，请记住。请一定记住
千万千万不要披露
我的敬意

国家意志（组诗）

红　雪

一个也不能少

小康不小康　关键看老乡
老乡
在老区　在乡下　在天之涯
一直庄稼一样
看天色拔节
靠天气扬花

站在原野晒了五十八年的阳光
依然没焐热一个穷字
江河无声地呜咽
拔掉穷根
脱去羸弱
天安门的声音喷薄而出
落入泥土

小康其实很简单
——吃饭　穿衣　睡觉……就医
睁大求知的眼睛坐进课堂
时间锁定：2020
总攻目标：一个也不能少
因为　同为黄河长江的子孙
同为果蔬桑麻的臣民
同为诗经里的主人
国家意志铺展在九百六十万平方公里的
每一寸山川、河流和大地

冲吧　攻克一家一户的堡垒
高高放飞民间的歌唱
天上没有一颗多余的星星
地下羊群咩叫
葵花的籽粒抱紧心脏

大姐发来了微信

六十岁的大姐拍了几张麦田照
直接在田里
给我发来了微信
丁零——黄澄澄的麦浪笑着
姐夫在他新盖的高级平房前咧着嘴

笑着

丰收了！大姐一家多年的
老寒腿、皮肤病、胃溃疡……气管炎
被七月的麦浪治愈
就像麦芒上鸣叫的蝈蝈
叫得欢实

大姐还和我进行了视频　说：
旧衣服别寄了
感冒药别开了
种地的化肥种子钱……也不缺了
现在我们村子和你们城里
不差啥了

饥一顿饱一顿半辈子
抬不起头半辈子
大姐从没有像今天这样笑得真实

回　家

躺下吧　把腰板放平
今晚睡个好觉
只有亲自试一试温度

老家的内容才逐渐深刻

漂泊的疼痛
被一一熨平
劳累半生的筋骨
在午夜的梦幻中舒展

火盆是火炕的眼睛
母亲最原始的坐姿
守卫一盆暖洋洋的日子
一群脆生生的鸡鸣
开始破壳

现在　让我们伏下身去
听一听鼾声
就可以揣摩民心所向

忽然一夜梨花

忽然一夜梨花　包围了
村子　这是从城里来的第一书记心里的花
梦里的花
宛若炊烟突出了重围
宛若一盏盏灯盏

高悬　梅花点香唇

在白中泼墨　一幅画的构图
我的松嫩大平原
大河停止呜咽
话语关进房檐
风等不及了　匆匆
赶来解围
吹落梨花吹疼窗棂
吹得心痒痒
一行大雁向北飞
擦蓝了天空

进城一年的花匠、瓦匠、铁匠
……教书匠、阴阳先生
回来省亲
远走他乡的二妮、铁蛋……拴柱
回家相亲　一支唢呐支起耳朵
问天　一顶大红的轿子
吹吹打打进了村子
领来了雪花

罗江：第一书记的笔记本（外二首）

赵晓梦

红色的封皮里记满家长里短
比如赵大爷的兔子冷得打摆子
李大妈的鸭偷吃了王三娃的螺蛳
老高家的大耳羊长势良好，急着
在冬至前找个有钱的好人家

着急的事情远不止这些
春风开化大地，鲜花开满临江村
没有阳光，油菜花再美的身段
也会无精打采，就像没有翻种的
冬水田，只能接受天空的冷嘲热讽

田间地头院里院外的生活日常
都在笔记本里汗流浃背
为了奔小康路上不落下一个人
也为了老乡能在脱贫路上“站起来”
“走下去”，你必须执着于一时一事

内心的尺度，以惊蛰谷雨芒种为单位
让每个人都有勇气独自面对难题
都能用锄头解码泥土的红利
用声音抚平岁月的荒凉。你笔记本上
的心跳，是明月，也是故乡

花舞罗江

那些深扎泥土的梦想
在河湾怀抱的山坡上
开出黄的白的粉的花朵
顺着三月的田间地头
错落有致，停靠在蝴蝶翅膀上
收纳飞鸟与自然的声响

这些家门口随处可见的花海
尾随考察田野的春风，层层叠叠
抬高了玉京山上李调元凭栏远眺的
目光。浩荡的春风
在视线不能抵达的广阔天地高低
吟唱，书写着醉月迷花的真诚

置身这漫漶不清的川西坝子
所有的痛苦和忧伤，都在炫目的

阳光下烟消云散，像一只无法
降落的鸟，飘忽不定
来路和去路，都在花的丰盈与
润泽中模糊不清。生活的困顿与
匆忙，都在这蜿蜒曲折的凯江畔
迎刃而解

花舞罗江。它们的脸庞一律向上
与阳光的方向一致，与大山的尊严
一致，哪怕蜜蜂轻轻一吻
也会掉下幸福的泪来
沿着泥土的小路在竹林里拐弯
瓦片上的炊烟提醒现在是正午
没有鸡鸭越过惊慌失措的机耕道
在阳光明媚罗江的春天之前
只有两列动车在高架上擦肩而过
只有无数的意外，在等待着相逢

当大地陷入沉寂，罗江人的风月
情怀依旧死不悔改。这姹紫嫣红
的花海，缩短了天空的距离
也缩短了雨村先生《曲话》和
《剧话》[①] 悠扬婉转的唱腔
即使经过了两百多年的时光
依然会在风起的瞬间，把我们的内心穿透

注：①李调元（1734—1803年），字羹堂，号雨村，别署童山蠢翁，四川罗江县调元镇人。清代四川戏曲理论家、诗人。乾隆二十八年（1763年）进士，著有《童山诗集》40卷，戏曲理论著作《曲话》《剧话》等。

在桑都乐至

公社遍故乡，到处是桑园
蚕娘两万人，一年八季蚕
——陈毅

它们的口福令人望尘莫及
置身乐至这片辽阔的桑田，仿佛
置身波涛汹涌的大海，硕大的
桑叶每天都被雨水擦洗被阳光
翻新，在山水勾勒出的宁静与
深邃里，不仅激起桑蚕无限的
食欲，更激起她们对生活的渴望

唱着歌跳着舞的采桑姑娘
每天出入村前的这块画屏
即使风也端不动桌上的茶杯
她们弯腰的身影，被旺盛的桑林

吞没，又像海水带不走的礁石
一点点浮现出来，从未脱离
蚕虫的视线。而它们爬过的
每一片桑叶，无不显露出时间
的痕迹，无不与她们的青春
热血和疼痛有关

偶然路过这片桑田的我
仿佛一部分生命丢在了这里
采桑养蚕，把酒话桑麻
都不如学会她们的方言
像树下的根系，在大地的深处
与蚕相遇，以丝相连
让灵魂不再离开叶的碎片

扶贫手记（组诗）

杨建虎

去村里

坐上班车，去村里
以外乡人的身份
我们一起搜寻
老宅、老窗、老树
搜寻土坯的炕面
弯曲的羊肠小路
搜寻落日的荒原
山一程水一程的求索
恍若旧日的时光重现

蜿蜒的河流依然蜿蜒
房屋，村舍，最后的果实
寸土寸金的光阴

阔别已久的乡情
只好用心灵来估算

去村里，我用一缕倦了的乡愁取暖
我要向居留不多的乡亲致敬
岁月的长河中
一个游子的动荡之心
无法厘清

我扶贫的村子

我扶贫的村子
在我们省的最南端
它是中国马铃薯之乡、中国西芹之乡、中国文学之乡的一部分
许多时候，我会和这些亲爱的蔬菜、庄稼握手言欢
也会和这里的诗人作家偶尔相聚
穿过葫芦河的两岸
我会搜寻人间道义和天地大美

我扶贫的村子
还有饲料加工厂和煤炭交易市场
我会看到忙碌的人们
将玉米秸秆、苜蓿等加工成饲料

将煤炭分类、包装
运向更远的地方

我扶贫的村子
离甘肃静宁很近
一脚跨过田埂
就会踏进另一个省的土地
有时我会想——
不远处的静宁县城里
那几个诗歌兄弟
你们过得好吗

晨　读

下范村的早晨，从孩子们的诵读开始
愈来愈深的秋里，我们一起
走出小学校的校园，一起
迎着薄薄的晨光
走在乡村道路上

在这小小村庄里，听鸡鸣牛哞
看缕缕炊烟升起
农人们，已在田里忙碌
挖土豆，收玉米，摘苹果

而我，也想归隐于南山
与牛羊为伴，想庄稼之事

我们沿着山梁，俯视整个村庄
房屋、田野、湖泊、山峦
这些熟悉的乡村事物
被秋风吹过，如一道道透明的屏障
而山坡上撂荒的土地
已被茅草覆盖
我在想，明年的春天
这里，将会生长怎样的风景

养驴大户范龙龙

第一次去村里
就去了范龙龙家
那是一个月明星稀的夜晚
狗吠声声，我们被他迎进屋子
听他说自己的养驴经
之后便听到后院的驴叫
使村庄的夜晚更加空旷

范龙龙每年养驴200多头
还成立了宝康养殖合作社

为了扩大养殖规模
我们一起理思路、争项目、跑贷款
如今，一个年出栏千头肉驴的养殖基地已开工建设
四座标准化养殖大棚已搭建完成

这是一个贴着地面行走的农村青年
他熟稔驴的聪明和忠诚
他将自己的乡村紧紧拥抱
我扶贫即将结束时的最大愿望是——
帮他再落实100万元的缺口资金

村里有支文艺队

每到晚饭后，村部大院里
村民们吹拉弹唱
秦腔、舞蹈、曲艺、民歌
会带着喜怒哀乐
淳朴而浑厚——
将单纯的情愫氤氲开来

有弦歌风范，也有宽大袍袖
这些植根民间的花朵
在热气腾腾的晚饭之后
成为农人精神上的大餐

尤其是我们单位投资建设了村多功能文化活动室后
避开雨天和寒冷
依然可以看到文艺队的表演

农闲时节，他们还会走州过县
去参加一些演出、比赛
让自己高兴起来
这是一位村民的表白
也是农村精神文化的彰显

野花铺排的日子（组诗）

李永才

行走的花椒林

旷野起伏，草木祥和
一粒花椒，被年轻的鸟儿衔落
漫山遍野都有了
耐人寻味的主题。一种人间的滋味
让整个顺河村
模糊在一场熏风里
自从有了花椒林
村子的雨水，从此难以描述
椒色灿烂，红绿相间
——与民谣交织的节奏
在阳光里延伸
顺河而下，一只蝴蝶
用一枚花椒刺，刺穿了沉寂的生活

面对这个麻木的秋日
梨花女子的脸上，几粒花椒
有某种锐利的诱惑

野花铺排的日子

会有一阵风，翻山越岭
把金铃村的额头，越吹越亮
一年又一年，马桑和皂角
守望的山冈，被吹成了
一树杂花
会有一个雨季，随风而来
牵牛花开枝散叶时，金铃子也来了
你看，田边地角的玉米
有了红缨般的微笑。月季和蔷薇
在简单的花园，见人就开
是时候了。打开岁月的藩篱
那些困顿的花朵
终于获得了，流水一样的自由
在农家小院的屋檐下
随心所欲地，交换着幸福
金铃村的黄昏，除了鸟鸣
每一寸土地，都有谈笑风生的
豆荚和花生

野花铺排的日子，就是这样
任何时候，想随风雨
就走。想晒太阳，就来

星光村写意

这里的流水，向东或向西
都是上天的安排
谁也无法选择。就像那些
早出晚归的麻雀，选择了天空
就会失去温暖的稻谷
雨水的策略，是流向池塘和稻田
当然，雨大的时候
也会选择，流向沟渠和小河
大河涨水，小河满
这里的庄稼
都领教过雨水的阴谋
这里的好光景，就是风调雨顺
村边的绿树
除了洋槐，每一棵橘子树
都没有闲枝
秋后的柿树，挂满无数的星星
月光吞没瓦屋时
整个村子，都披星戴月

在晴朗的风中醉饮梨花

我们讨论山中的事物
都会想到一些，寂静和辽阔
一些起伏的高度
哪些该有，哪些不该有
谁也说不清。那些平淡的花事
可以是梨花、杏花和桐花
也可以是一杯茶花
或者一幅栖贤庄的油画
当我们说到酒器时，就会怀念
三只酒壶种下的幸福
这里的幸福，如此简单
一壶老酒，种在房前屋后
就像种下芍药、牡丹和灯盏花
所有的花朵，就这样
自然而然地开了
花开是过客，花谢是归人
在寻常的日子里，一枚野果
有阳光蒸煮，满山梨花
就会为一夜春风而醉

弯曲的山路送走了贫穷和迷茫

鲁绪刚

一

晨光正在路上，草叶们揉揉眼睛开始歌唱
一些踩着露水走来的人，带着信念和温暖
要把还在黑暗中徘徊的那些门窗打开，让阳光流进来

脱贫攻坚，一个庞大的工程，如果每个人
是一粒石子，如果每颗心是砂浆和水泥
就会浇铸牢固的基柱，就能盖起新屋高楼
这种过程是敞开胸怀，把手伸给对方
拉一把，可能有不一样风景，可能点燃
一些人体内沉寂了很久的火种

他们已经熟悉通往村庄的每一条山路
他们自带锋利，切除滞留在山村的肿瘤和绝望

二

他姓李，是政府派驻黑山村的第一书记
这个村离县城五十里，土墙草屋散落在沟边坡上
零星的红砖瓦房是村子的骄傲和荣誉
他来时，汽车只能在十里外目送他翻山越岭
黄泥土路占有了他三个小时
他不就职演讲，也不用豪言壮语做出许诺
从熟悉每一户的基本情况，到具体的方法措施
他不想做一把火，燃烧，或者成为灰烬

如果能像一朵云，可以擦去村庄上空的尘霾
如果能像一滴水，可以洗净人们内心的阴影
他做人做事的原则，就是脚踏实地

他的背影有些单薄，也许承受不了太多重负
他却把路上的黄土变成了水泥，把荒山变成了果园
把村子里的孤寡老人集中在一起
幸福的笑声，让草叶和溪水也很感动

三

从科技局到后湾村时，那天他整二十七岁

生日的酒还在他体内燃烧，青春的激情和浪漫
被一双手牵着，迟迟不愿分开
每一步都被思念撕扯得生疼，每一步
又走得那么坚定，大雪压低了远处的村庄
也把他的担心一寸一寸拉长，他很想成为羽化的精灵
飞过群山峻岭，天空下都是他阳光的笑容

此刻，温暖是豆荚爆出的惊喜
是一个人内心无处不在的霞光和轻风
他在张大爷的炕头，想把三十年的中风赶走
他在王大妈的菜地，让科技替代传统
山坡上的牡丹花开得耀眼，它的药用价值胜过观赏
科学致富，一个人的力量是孤单而微弱的
一群人朝一个方向走，汇成广阔而千钧洪流

今夜，他抬头望望星空，身边灯光支撑的村庄
显得渺小而寂寞，愿望只能维持现状
解决不了根本，山风吹过来，他猛然一惊
脸上露出与年龄不符的表情与淡定
他朝村外走去，他要丈量出村庄与城市的距离
并丈量出缩短差距的时间和努力
让弯曲的山路送走贫穷和迷茫

四

人心如佛，才能掸净尘世与人心的荒凉
而一群人正在脱贫攻坚的路上，输送着火种
走在这条路上的人不需要哗众取宠，更不需要虚伪
真诚，才是人心的试金石，才能在现实的荒芜里
种植高粱和大豆，复活植物与人类的梦

也许，这样的付出只能在贫穷的死海里溅起一朵浪花
只是在固有的一亩三分地里，推迟时间衰老
但你伸出了手，就能感到温暖和勇气
就能在黑暗里把梦也做得辽阔和纵横四海

那走在山路上的身影，熟悉而陌生
他的每一步走得很踏实，他的内心装着一幅画卷

庞统：到罗江扶贫，请绕开我

彭志强

庞统说：不要奇怪我的墓寸草不生
草，不过是风的俘虏，风的跟屁虫

风偷走的秘密，在罗江
终究会还给落风坡。

白马，至今没有跃过流言，不代表
埋伏在线装书里的线是永远的缰绳。

乱箭与乱世的物理距离
早被我内心洞穿，成偈。

《三国演义》不是可颂佛经
最多是一代代豪情点燃的火。

或许仅是空山需要的火
遏制流言之火蔓延，泼水无用。

核心是禁止弹弓用来打鸟
鸟繁殖的真相才不会走样。

现在还来扶贫的人，请绕开我
且千万别打鸟的主意。

比如凤雏，嫩
就嫩在不熟悉来路。

我的更多秘密藏于雒县
无人也无风行走的一带。

三星堆，只是一座宝矿而已
允许在地下和纸上继续开矿。

要是发现两千零五岁的箭，要小心
擦干血迹再放入我墓中，你会明朗。

一个记者的扶贫手记（组诗）

李不嫁

题记：今年6—8月，余作为潇湘晨报社的一名老记者，应省委宣传部门“编辑记者下基层锻炼”的要求，赴洞庭湖平原深处——湖南省华容县操军镇挂职锻炼，任镇长助理。历时两个月，与基层干部辗转于平原深处，上堤抗洪、下堤扶贫，见良田万顷，闻鸡鸣千里；察民间疾苦，听百姓呼声，得诗数行，择而记之。

我的夏天

镇政府的东边是大平原
大，是因为
太阳升起的时候
太阳很小；月亮升起的时候，月亮很小

当我踏着散碎的蛙鸣
像个小人儿似的
返回镇政府的临时驻地

我的脸苍白，如镰刀，带锯齿的白光

总也忘不了
那个患白血病的女孩，挪一把椅子
丈量五十米开外，亲人的坟堆，离自己多远

胭脂湖

那个乌啦啦比划着
从我手上接过
扶贫款的聋哑人；那个戴墨镜
忙不迭地数钱的盲人
那瘸一条腿，播种玉米的女人
那一对被精神病折磨
常常高举菜刀，扬言杀死对方的老夫妇

在平原上
如此真实地活着
胭脂湖的水落了又涨，涨了又落
我从不知它的出口
埋设在哪里。野鸭们迁徙到此
孵蛋筑窝，芦荻瑟瑟时，带走的野鸭也更多

放牛的孩子

哦，接过我的鞭子
来放一天牛吧。接过我的草帽
戴在头上，要记得压低帽檐
免得被阳光灼伤双眼
平原上的河流不紧不慢地
运送河水，而农机早已取代畜力
从前的耕牛沦为菜牛了
下巴肥胖，乳房肿胀
哦，把它们赶上河滩，到午后
就拿草帽盖住脸，跷着双腿睡一会
如果你喊我，我会应声而起
从这些庞大的身躯间，抬起布满泪痕的脸

播音员

早晨，镇政府的广播室里
我认识的女播音员
那长满雀斑的脸
正涨得通红地对着话筒
动员平原上的人抗洪抢险
水位一天天上涨

真是揪心啊，洞庭湖这个米袋子
也有胀破的时候，头顶大湖的人睡不安稳了
池塘里的鱼起跳，一群群大鹅夜不归宿
有些人却慢吞吞的，左顾右盼
他们的家产不多，洪水来时，比兔子还跑得快

藕池河

大湖里的小鱼小虾
渴望没有电打鱼
疯长的野草，渴望没有除草剂
蛙鸣渴望不被手电筒打断
强光下，它们动弹不得，只得任人捕杀

遍地的水稻、玉米和棉花
渴望不被转基因祸害
它们已留不下自己的种子
而今葱绿的田野上，老鼠正抱头而窜

清清冽冽的藕池河
和众多跑过平原的孩子一样
渴望洪水平安过境
每个暑假，总有小学生家长沿河哭泣
每个夏季，总有那么几条小河被不幸溺毙

罗江笔记（组诗）

周世通

景福村十月

十月的景福村，所有的色彩都被包围
是红色，火焰般的红色
扶贫产业园分红，让笑脸挂满山村
田间，锄头与主人齐齐列队领取现金红包
阳光和煦，大地芬芳。发芽的风里
锄头吹响迈进新时代的号角

金岭村写意

金岭村贫困名声在外，是块难啃的硬骨头
没想到，来了“花木兰”陈俊遐
让迷失的山村，日新月异

退耕还林与扶贫产业园，让鸟们纷纷返乡
脱贫让寒夜生暖，荒芜里种上庄稼
定期义诊让村里老人神清气爽
留守儿童在洗过的天空下嬉戏，欢呼雀跃
快乐呈现眼前，夜晚变得豁然开朗
现在，金岭村致富路风生水起

月亮村映像

前些年，月亮村的月亮都陷入了万念俱灰
偏僻山村，一贫如洗的贫困户多且病
懒汉，蓬头垢面，神出鬼没
近年来，县农工办将月亮村纳入精准扶贫
双腿残疾卧床八年的邵开亮重获新生
紧锁的眉头终于眉开眼笑
懒汉邵开金竟破天荒帮人栽了三天秧
从前的家徒四壁，现焕然一新
小康说来就来，扶贫让硕果一夜挂满山村
月亮村正华丽转身成世外桃源般仙境
此时，在这被幸福照亮的如画村庄
敲门试问人家，这是谁的画？

宝峰村之贵妃枣

一览辽阔，在罗江蟠龙镇宝峰村贵妃广场

据说，唐“马嵬驿兵变”贵妃杨玉环
被调包后逃至蟠龙镇投身余家庵
数日，贵妃对镜梳洗形销骨立，悲从心来
急食行囊贡枣，半月后重现羞花之貌
而枣核竟落地生根，结出繁果
现在，绽放幸福快乐的宝峰山贵妃枣基地
嗅着贵妃枣的香甜从八方涌来的宾客
纷纷签署采购与战略合作框架协议
贵妃枣，年年拔节，甜了宾客，富了乡亲
与唐朝对话，那终究是一个千年传说
这归功于产业园区化的罗江模式

春光里，向扶贫者感恩（外一首）

洪　江

小草卑微而柔弱的身世
让阳光一把一把扶起
扶上风的节拍中
扶上自然万物的舞台
扶上尊严的高度

仁爱生于内心的空蒙
用光普照和浇灌
世界无限苍翠
春光里又多了一道红晕

风让尘世有多少动的生息
就有多少静的唯美
我从小小的角度
轻轻点破玄关，它虚无的内核里
我看见清澈，明丽的肉质
我满目透明，世界如此洞开赤裸的内心

接受抚爱

一个只会招手的灵魂
一具鞠躬尽瘁的躯体
一尊枯萎的灵魂
一块沉静亿年的石头
都学会了小草的姿态
向仁者向扶贫者感恩

走向田间

三月抽出阳光的利剑
削尽枯枝上的寒意
我被春天扶贫的召唤放归田野
在垄上行舟，以锄作桨
划出一畦畦翠绿
这浅浅的田园也涌波涛
也藏惊险
我双脚着地，省略了风暴
我抓紧剪去枝头上多余的叶蔓
捍卫秧苗举起晶莹的露珠

我竭尽全力驾驭贫困村涌动出的绿色波浪
肩负起田野苍翠到杏黄的重任

哪怕锄去一棵低矮的狗尾草
也是田园蓬勃的理由

在风的催促下
我一再放下卑微的包袱
与嫩绿的禾苗瓜果共舞
我不想耽误时光的进程
既然双手握不住流水的速度
顺手把瓜苗护上竹架送上一程
让它编织一张足够大的网
网住旷野上空脱贫的天空与星辰

去往盛开的路上（二首）

宋光明

继光村

煮酒，这里不合时宜
六个月以后，红鸡公最好被买走
高粱酒和红海椒最好被买走
在另外的餐桌议论茅草屋和放牛娃
以及英雄自有出处
一茬接一茬，不停

继光村，钢铁的飞机大炮和坦克
已经休息并供免费观赏
但新的机枪填满子弹
多少年了，仍连续扫射
谁能堵上谁就是今天的英雄

山望着山

像四百双眼睛望着另外四百双眼睛
通红。仅有精神不够
还需要公鸡中的战斗机
辣椒中的大炮，高粱酒中的坦克
突突突突、轰轰隆隆
向一份贫困名册协同推进

黄继光故居敞开大门
迎接新的英雄踏进门来

洪富大哥

许多事件必有偶然，比如洪富大哥和我
像读小学参加过他简陋的婚礼
只是时间真快，一晃就过去五十年
数不清翻了多少山，很巧
差不多他年龄那样的公里，我们相见

新娘早已不在。他们倔犟的儿子拖家带口
在外地打工，生活与孝道同样艰难
一条灰黄色的老狗围着他转
平时，会陪他一起去更高的地方
栽种口粮和一些蔬菜
他的咳嗽声隐藏了斑鸠的咕咕声

像竹围里那十六只鸡
咯咯咯咯地，想从他喉咙里钻出来
他灰白的头发让人联想洗久了的白布衬衫
他脸上的笑意差一点湿润我眼眶
他屋前整洁、灶台干净，水缸装满了水
堂屋堆放很多稻谷、玉米
他没有负债也没有积蓄，甚至
手上没有老茧

他让我想起小时候亲切的邻居大哥
腰板挺直，抱着膀子，而且笑着
我们住同样的还没风化的小青瓦土坯房
那时不叫负债叫倒找
我家是倒找户他家不是
春节过后我总是去他家借粮，以至于
他结婚时母亲送了一块六毛钱大礼
用积攒的我和弟弟的学费
母亲后来说，他家对我家有恩

相见是因为一份名册，我与五个名字相关
其中有他。将近一个小时
我们聊年轻的时候。也聊去往盛开的路上
细嚼慢咽，酸甜苦辣的那些饱满
村干部在他的手册上填了我的地址姓名电话号码
但他没与我联系。后来

我给他买了十五只小鸡。本来是三十只
村干部说村里有两个张洪富，就分给了两家
后来去过电话隔靴搔痒
接电话的侄女说小鸡长大养老金也增加了

翻过新年，贫困户名册里没有他
宣告洪富大哥已经脱贫
他依然没有联系我
虽然怀疑他真的脱贫，但
鸡生蛋蛋生鸡，这样算
也是最好的借口

现在，像想起有恩我家的邻居大哥那样
我会时不时想起他。尤其想起
他挺直腰板，抱着膀子，而且笑着
没病没灾、没有困难一样
那动作，就是小时候的邻居大哥

阔步走在扶贫路上

陈炳生

1

谁囊中羞涩，口袋仿佛比脸还干净
贫血的村庄啊！瘦得只剩下鸟语，和花香
一条土路从诗经伸向令人揪心的现实

2

温暖明亮的阳光
从天安门，中南海频频射向
每一个小小村落，每亩瘠薄田土
射向王春花，张国庆
射向赵秋菊，欧阳大发

村道硬了，硬了的还有
挺直的腰板。小河清了，清了的还有
望远的眼眸，逃荒的麻雀纷纷
飞回来了，炊烟袅袅呵
农家乐其实就是开心的祖国
从前谣曲响起
令春节，挂在四季的门楣

3

有个叫陈攀的棒小伙子
扛起核桃沟村，一步一步迈向未来
脸黑了，心温润地红着
人变憔悴了，那么多村民却拉着他的手说
“你会讨个好媳妇儿!”转身抹一把泪水
泪水里藏隐无尽期盼

4

当乡村不再穷得只剩下一张白纸
当中国阔步走在扶贫的大路上
回头望，是生命的诗
往前看，谱就一首最美曲调的歌……

扶贫队长（五首）

蓝　歌

扶贫队长

说起我们，请说起我们身后的远方
说起远方所有的爱，牵挂和梦想

说起我们，请叫我们的名字。或志愿者
如果你愿意，也可以叫兄弟，姐妹

因为爱，我们到大山里来
因为爱，我们把属于自己的日日夜夜
编织一张张表格的网，打捞贫穷
我们用脚叙述，用数字攀登
走访，调查，记录，填表，建档
在一台不堪重负的电脑上
缔造新的哥德巴赫猜想

我们没有经历三同
但我们已将它融入血液，攥进灵魂
我们是扎在自己身上的一根针
头顶是千条线。巡查，考核，问责
每一针，都痛
每一针，都让自己不忘初心

我们不缺少爱，但只帮助那些需要帮助的人
我们没有多余的爱，分给赌徒或懒汉
我们不认为，任何人受穷都是怜悯的借口
我们不认为，所有人快乐仁爱就不存在

我们来的时候，是五月，石榴花开
三年后，我们离开，还选择五月
那时，家乡的荔枝也红了

入 户

关公把门虚掩着
除了暗示屋里有人
好像还有话想说。口张开一半
又停住了
褪色的春联紧紧抓住墙边
一抹忧伤的笑容

在拒接与接受之间
门被推开了
我的手并没有触到任何事物
包括时间和现实。门帘深处
一阵命运的咳嗽声沉重传来

主人在县城搭客还没回来
五口之家唯一的劳力
用单腿开动人生
墙上的奖状闪动着惘然的眼神
虽然低微
却是这个家最明亮的部分

农业命脉

你柔软的臂弯里，四季
惬意地翻阅一本古老的天书
薄如蝉翼的纸面上
稻粟举着文字的旗帜，草木葱茏

是谁拨弄这根丝弦，一曲水墨意象
二十四节气凌波微步
一万年重复着一种姿势，俯仰
天地间，青筋隆起山峦的苍茫

每打开一朵水花，就溅出一个朝代
从大禹的传说，到高峡出平湖
从民生到民心
只隔着一滴水的距离

山　路

从村口到垭口，十里
来回多少根扁担，被岁月弯来曲去
我爱它的幽深，以及古老

可是，我更愿
将它托起，飞架彩虹一道
让梦想在上面奔跑
从黄昏出发，在春天抵达

或者，摘下低垂的星星
沿途铺一条平坦的路
让赤脚的山娃平平安安上学
细碎的脚印开出烂漫的野菊花
让冬夜回来的人
在辽阔的群山里，没有灯光
也能找到家的方向

灯光工程

苍穹下，你站立的地方
光阴在扇动双翅
一翼是大山的背面
一翼是清贫的人间

一盏一盏点亮，在岔路口
在村庄的拐角，夜的边缘
时间泛着乳奶的光
汹涌而来

月亮在你的梦里滑倒
此刻，你比谁都更接近星空
而你却将一生俯下，倾身于
大地，和苍生

将阳光编织成彩色的梦（外一首）

章　勇

在红沙泥岩与疏松的黄土
貌合神离的落凤坡
南临益州能观千里沃野
北望秦川可锁八百连云
自古被誉为入蜀最后一道关隘
祖祖辈辈与土地厮守的庄稼汉子
捏着锄头起早贪黑
却喂不饱岁月的饥饿

沐浴着“精准扶贫”的甘露
我从益州城回到故里
与父老乡亲手牵着手
将阳光编织成色彩斑斓的梦
让丢失的欢乐与大耳羊回到山坡
叫缄默的庄稼与凤雏湖唱响同一首歌
于是，那些疏松的黄土和红沙泥岩
便不动声色地变成了美丽的花朵

与凤雏庞统和三国争霸的故事
带给游人对远古思索的同时
难以忘怀罗江香脆的花生果

我站在山坡上与罗贯中对话
天上便有了蜀汉的铁马金戈
我的父老乡亲也泪眼婆娑地笑谈
头上流金溢彩的河
与脚下飘过的云朵

把花草树木种满山坡

出生于上个世纪六十年代早期
空气中释放的负氧离子
稀薄得使夏天的蝉
也无处栖息，将歌喉紧闭
因此，与处于贫困线上的乡亲
我的心跳，和他们同一个频率

在落凤坡，行走在坡道的皱褶里
一天虽然只有二十四小时
但我却不时穿越到蜀国与凤雏相遇
一起看浪花淘尽英雄的同时
又顺流而下到北宋与范仲淹不期而遇

"先天下之忧而忧，后天下之乐而乐"
实践中悟出的道理
把书本上的含义，甩出几千里

就这样，我与父老乡亲在一起
把阳光，土地和区域绑在一起琢磨
然后将目光投向远方
把花草树木种满山坡
于是，收获的不仅是漫山遍野的春天
还有一群又一群游人的惊喜
以及我们共产党人为之奋斗的主题

走进星光村[1]（组诗）

杨俊富

星光村

一定是得到了星神的眷恋
才有了这个闪亮的村名
一定是那颗星神领了玉皇的旨意
下凡来，在星光村盘绕、留恋
撒豆成兵，让星光村的坡坡坎坎
长满柚子树、橘子树、梨子树……
让这些树长成一把把大扫帚
为星光村人扫出一条星光大道
在星光大道上奏响一曲曲昂奋的灵韵
让稻草人守望的柚子林
一夜之间长出遍地的童话
向世人讲述贫穷被星光掩埋的故事
讲述粉色的农院里，巧克力体验屋

汗水浇灌出来的日子里，幸福的甜蜜
讲述一个土里土气的村子
在中国，在四川，在德阳，在罗江
这个偏远乡村的角落
成为一颗星的闪亮传奇

注：①星光村，德阳市“四好村”建设的试点村

黑油路

黑油路宽敞
拓宽了小村的欲望
似黑飘带
缠绕长满柚子林的山梁
白天铺满阳光，夜里落满月光
似一条闪亮的乌金项链
挂在星光村的脖子上

又像伸开的坚实的爪子
抓住每一座粉白的农院
共奔灿烂的远方

路边，雏菊簇拥
每一朵
都是一张愉悦的笑脸

都是“四好村”的幸福
在荡漾

农　院

农院不像农院
农院干净得纤尘不染
走进农院仿佛走进了城市客栈
就想住下来好好留恋一番

赏庭前池塘鱼欢
看屋后瓜果满园
品云岭蜜柚甘甜

农院不像农院
更像果海里的一只彩蝶
正在振动翅膀扑闪扑闪

柚子林里的稻草人

破旧衣服甩给了昨天
柚子林里的稻草人
也像摘柚子的村姑一样时髦

光彩照人
允许懒惰和矫情
允许与麻雀为伍
允许与前来观光的陌生人攀谈
讲述七个小矮人在柚子林的奇遇

当稻草站立在星光村的观光果园里
就被新时代赋予了艺术的形象
柚子林因稻草人的转型
吸引世人惊羡的目光

咖啡体验屋

在这里，你会感受到
乡村与城市的差距
被一杯咖啡淹没了

云朵铺满了我的村庄（组诗）

王开平

题记：真想用一行行诗句抵达村庄的目光，真想用一句句词语舒展乡亲们勤劳的筋骨。可是，能握在手中的只有他们自己的名字和村庄。此刻，我才突然发现村庄里的一切早已被岁月深刻，早已被“脱贫攻坚”剥落得几乎透明而丰富多彩。

一

那条泥泞的乡村路，惊悸在少女的心中
虚幻中，一遍一遍地梳理着，始终凌乱的长发
一次一次地，扬起脚下的泥土
折断了，遥远梦境的翅膀
只有铺满村庄的云朵，在笑

许多年了，这里的乡民爱着牛群漫过的山坡
目光，浸过花香
那香啊，早已缀满了旧旧的光阴

那么多回乡的日子，删不掉的意念，宠爱着的贫穷
粘贴在上锁的硬盘里，过了一夜，又一夜
之后
骨头与血液中，所有坚硬的种子
嗅到了花开

我已经醒了，看见一封邮件从村庄出发
挤破了我的邮箱，溢出了别致与窒息的心跳
那条乡村公路，通了……

水泥们，降低了往昔的姿态
与小猪、小狗、山花、野草相枕而居
乡下的兄弟将唱歌的声音，挂在两旁的树枝
从此，那一些毛茸茸的梦在他们心中一起翻新

二

那条铺上水泥的乡村公路，揽着村庄的细腰
一条生命的脐带，从此分娩出一粒粒崭新的阳光
大片的云朵铺满了村庄，盈满了生命与爱
风，轻吹着三层楼的农房，也吹落了漫山遍野细碎的花香
金黄的油菜花，还有那静静的乡村风物
在律动……

在村庄，鸡鸣敲打着王木匠，村西老蒲家要扯房梁了
没文化的木匠，腰上插着斧头，几步上房
口中念念有词，抛下五谷杂粮与小红包
也抛下了，全家人一年的口粮

在村庄，鸡鸣敲醒了开金石匠，他惦记着
村头公路上堆放的水泥板，阻碍了游子回家的梦
挑破星光的吉时，四个攒行的手艺人披衣上路

我记下了，从楼上提着勤奋下楼的乡亲
我忘不了，跟在老农身后拎着幸福的老妇
还有那些奔走的名字：王家坪，孙家坪，猫儿梁
对门子，老樟沟，底斜坪，梨树坪
胖土地，大离壁，鹊桥沟
老马坪……
那一串串被乡亲们淘了又淘，洗了又洗
打磨了一辈子的名字，早已被岁月擦得锃亮
缓缓地走着……

三

那条铺上水泥的乡村公路，来迟了这么多年
一辆辆轿车，像远嫁经年的新娘
轻吻着娘家的清风，明月

之后
那灯火通明的村庄
堂哥打扫着房里的喜悦，堂嫂炒熟了一锅欢笑
那些腊肉，回锅肉，香肠，猪耳朵
对我，憨厚而笑

炊烟洁白，小狗欢跳，儿时的秋千在荡漾
如花的姐姐，月下旧时的歌声扯痛了我
堂嫂的唠叨，犹似母亲的叮嘱
我向院内的梨花打听，打听母亲的住处
轻轻问一声，妈啊
父亲来了，你的住房是否宽敞

四

那条铺上水泥的乡村公路，在村庄的体内流动
我怀抱的思绪，用岁月的手紧抓父母种植的梦
深坐，春秋
深坐在每一个，清明时节雨纷纷之中

我悄悄找遍整个村庄，只有儿时的记忆
在滴落……
父母坟前的黄叶，被风吹过三十年前的门槛
少时的光阴，又远又近

行走的日子，摇曳着四十多年那一床岁月的河水
其实，离开并且不是嫌弃
再远，也能捞起故乡牛儿反刍的声音
再近，纯朴的乡音，也常常打湿枕边蠕动的梦

而今，我踩痛了村庄所有的田埂，寻找着……
泥土，就是我的亲人
我坚信，当云朵铺满了村庄，扬灰的种子在梦中
在现实的土地上，已伸直了村庄的腰板

在罗江，诸神起舞

彭正毅

说不出的好地方，诸神起舞
提前到达。南临益州牧笛千里，北望秦岭放歌八百
东观潼川丰收锅庄，西眺岷山罗嗦花鼓

在之前，许多非物质，美妙，被忽略
罗江，相国大街，米市嘴嘴，一直被忽略
一直不知道：张飞靴子悬半崖，观音菩萨坐陡滩
三洞桥，金龙观，五雷蛋，都被忽略

巴歌的喜鹊正与一片广阔的幸福家园飞歌对唱
我抓住了，纹江放排的纤歌，古蜀道上的妖娆起舞

所有的蓬勃。我的歌声，抵达
罗江十万首闪闪的乐谱，荡漾的旋律
听见许多音符，以生态、宜居、秀美乡村的形象
一一出现
翻遍乡野的牧笛，风车、水车朗润的歌声

翻遍县志，鹿头山龙凤悦鸣，对着白马关嘤嘤呼应

记不清是第几次。罗江记
“龙女织绢，二丈五。一半属罗江，一半属玄武。”
山歌罢唱鹢舟回，雪鹭银鸥罗江来
不要说，小令的百州红，麻油豆鸡，即便是青椒
也一会儿绿肥，一会儿红瘦

仿若隔世。庞统祠墓、诸葛点将台
文昌宫、张任墓、万佛寺、潺庙遗址、周家坝船棺
已全部开放，当代史接踵而来
扁担上山，花腔行板，喜洋洋高唱修补光阴的秘籍

一沥青水泥，到十多个试点示范村，隐退贫穷
一山重水复，到新发展梨、核桃、金花梨 1.7 万亩
一小桥流水人家，到“罗江贵妃枣”被评定
原产地无公害标识
我想的艳遇，李调元故里醒园，香山鹭岛，发祥地
早调好了春天的光影圈

若在此，有一间我的别墅，或草屋
这里所有的原生态、风物与习俗
与鳜鱼，蚕豆，蜜柚，翠竹与剪纸，蜀绣与号子
与天府花生，甘蔗酒，碧绿，社祭，嘹亮的云彩
所有的生长……都认作我的邻里，姐妹，老舅

阳光可以调色，月影也可调温
但分不清，三国文化产业园，罗江高等职教园
是不是，“一门四进士、叔侄三翰林”的世代传颂
已衍化为今日的《题醒园图》

春风伟大，但只大声歌唱，万象更新
却过于宽泛，并不深入。不如我
约胖筒，声腔，构成神剑园一小块良辰美景
翻到五谷丰登的调门，任川剧、川帮子的小青衣
一袭水袖，几番变脸，燕兰小谱
——为他打扮，为她梳妆
我确信，博物馆还有人拓片，诗歌节还有人说书

拜祠堂，绕过竹篱，深入歌声底下
找出水系丰沛的流淌与罗江豆鸡嘹亮的声调
找出美丽乡村：白马关凤雏村和蟠龙镇宝峰村
找出地区生产总值实现近80亿元
反复理解，这些不是疼痛与泪水的告白
我确信，村头镇尾，还有许多种植、秘籍和福祉

登玉京山，过太平廊桥，景乐宫，一百单八级台阶
暂放下高处的仰望，渺渺钟声，江城万家
找出不同语境的水碾、龙凤床、伦理和家谱
如有可能，找出闪电、瓮钟，无边慈悲

试问拐脚舞步和荡裙，是怎样
引领残垣、暗流和时光的留守找到风调雨顺的归宿
我确信，还有许多的稼穑、笃行，许多的天佑

春风偏爱罗江，赠与这么多缤纷的词谱
供人唱。画堂春，蝶恋花，鹧鸪天
木兰花令，巴山歌谣……我忙于收拢，忙于练唱
忙于踏歌，传歌，诗人是春天的歌手吗

她荡漾，以窈窕的身段，传递罗江的心跳和温度
我必须记住，山水、田圃、桥涵，阡陌相通的结构
葳蕤、深广、纵横的主题。否则
略坪、金山、鄢家、蟠龙、新盛、慧觉、文星、回龙
那簇新的丽象与神曲，会替代一个诗人的豪迈歌舞

春天的诸多事物已经到来
必须赶紧练习繁荣的歌喉，拥有春风的多声部抒情
否则，不能淋漓尽致地唱出，笑容，斑斓的梦
不能伴唱罗江潋滟前行的舞步，百万颂词的风流

见证者（外二首）

刘西英

其实，我只是一个小小的科级干部
可是，在 21 世纪，在陕北
我却有幸成为中国脱贫攻坚的见证者

我帮扶的村子在白于山区
那里曾是刘志丹闹革命的热土
这个村子叫托合树湾
我帮扶的是一个贫病户

男的因车祸成为残疾
女的天生有些癫痴
儿子还在学校读书
女儿有病需要长期医治

为了让他们人均年收入达到 3015 元
我帮他们买了鸡，买了猪
为了让他们养得放心

我承诺给他们寻找销路

虽然发展产业绝非易事
但总要想办法给他们谋点生计
虽然不能让他们一夜富裕
但总要让他们看到希冀

我知道
新世纪的扶贫其实也是一次长征
这一次，我庆幸自己没有缺席

关于贫穷

21 世纪的中国
耀眼的词汇很多
可是，如果让我作史记
我一定会对——精准扶贫四个字
大写特写

因为贫穷
也就是人均低于 3015 元的年收入
不仅与伟大祖国的称号太不相称
也与执政为民的方针太不相符

神舟飞天时候，只要想一想
我们的一些地方还看不上电视
航母出海的时候，只要看一看
我们的一些人民还贫病交集
那忘情的欢呼里
是不是总还有一分沉重
那灿烂的欢笑里
是不是总还有一丝忧虑

因此，在 21 世纪
对祖国而言
能不能搬掉贫穷这座山
能不能拓开富裕这条路
那就不仅仅是一个严峻的课题
更是检验我们党执政能力的试金石

我们已多年没有像现在这样更接近群众

领导来了，干部来了
一般的员工也来了
他们从党政机关
轻车简从
来到最偏远的村子
最贫穷的人家

嘘寒问暖
不仅自掏腰包
给群众买米买面买油
还帮助群众找项目作规划

于是，我们终于看到
在脏乱的农家院里
一双双绵软的手与
一双双粗糙的手握在一起
在陈旧的老房子里
一颗颗敬畏的心与
一颗颗期盼的心跳在一起

应该说，我们已多年
没有像现在这样更接近群众了
不信，你问问我们的干部
村头那个智障的孩子是谁家的
工地上那个搬砖的妇女家住哪里

不信，你还可以问问我们的群众
那个管农业的县长姓甚名谁
那个管民政的局长电话咋打

其实，群众就是群众
他们创造了历史却不会觉得自己神圣

当然也不会随便承认谁就是英雄
战争年代，他们可以作出各种牺牲
和平时期，他们只希望过得富裕安宁

如果能够帮
就让我们真心地帮他们一把吧
好让他们远离贫穷和疾病

如果能够扶
就让我们真心地扶他们一程吧
好让他们永远物富年丰

医学的梦，在医疗扶贫中绽放（二首）

何　生

自体肝移植术惊艳雪域高原

——贺华西医院王文涛教授在甘孜为藏族同胞成功施行自体肝移植术

许是，听见佛的召唤
许是，听见折多河的呐喊
华西肝外科的门巴，乘医疗扶贫的春风
来到雪域高原

采用半离体方式
对满布包囊虫的病肝行雕刻式的切除
再以魔术师般的神奇
按肝脏脉管分布规律
将剩余健肝拼接组合
重新植入腹腔
一个英武帅气的康巴汉子的生命

被仁心仁术再次点燃

医学的梦
掠过春风吹绿的河岸
掠过病人含泪回眸的笑靥
吹皱一江思念
梦的记忆，惊艳圣洁的雪域高原

美容整形，布施健康美丽
实践躯体与心灵的扶贫

——赞华西医院美容整形/烧伤外科许学文教授镇雄讲学“悦人悦己话整形”

云南镇雄，正是人间四月景
简朴庄严的学术厅
响彻美容整形的演讲声
循循善诱的阐释，是医学与美学的结晶

他目光如炬
将眼、耳、口、鼻、唇、乳……每一个解剖结构尽收眼底
不遗漏每一个隆突、每一条皮纹、每一块肌肉、每一根神经
他心细如发
捕捉到最细微的神态与表情
痛苦、焦虑、期盼、渴望

还有灵魂深处汹涌澎湃的声音

他，就是人体雕塑的艺术师
以慈爱悲悯的仁心
精妙绝伦的技艺
一丝不苟的工匠精神
修复每一个被先天、疾病、创伤、手术毁损的器官和组织
抹去身体和心灵上丑陋的瘢痕
重建它们的形态与功能
让每一位病患重获健康、美丽与自信
这是何等艰辛而伟大的工程！
这才是真正意义上的躯体与心理的扶贫！

掌声雷动，热泪缤纷
学术厅瞬间化为一艘生命的巨轮
将运载饱受苦难的患者驶向幸福快乐之门

我的扶贫点（组诗）

谢荣胜

再写祁连三岔村

三岔村，我不知方向
是随风，还是那驴驼的奶桶
是向着雪山，还是山顶上的羊群，抑或是圈窝里的云朵

白牦牛
我不知宿命
我的脚该通向：牧场、草甸，还是那荒凉的土坯房

我无语：
我已无法说出，或者想说出
那部苍老的寺院和一个翻烂的经卷上的油渍
是一只鹰还是一朵雪莲

深山老林，他们说出的深山老林，含有多少沧桑的意味

有谁记住了自己
有谁不会记住自己

青海、哈溪、丹马
素珠链峰、阿沿沟、冰沟河
马连牧场
南营水库
就这些了，我看到了，他们人生每天的伴侣

接祁连岔山村马组长电话纪事

山路是一条麻绳
蜿蜒祁连群山之中
深山老林里
有雪山、林场、草甸、河谷、流水
抹不去的故乡

与外面世界离得太远了
一场雨雪　足以让病人等着故去
孩子们坐着摇摇晃晃的三马子
在哈溪、华藏寺上寄宿制学校
半月回家一次
退牧还林，简单几个字
就要割断祖祖辈辈脐带

要移民下山入川，到黄羊河农场、杂木河林场
老人们不肯离开土坯房和牛圈
要背井离乡，这么沉重的字眼
我几乎能感到他们满脸的泪水

宽阔的房屋、自来水、乡村柏油路
学校、果园、医疗所、文化活动室
大多数人已在凉州河东乡荣兴村入驻
抬头几乎能看见雪山下的村子
有点舍不得
但还是搬下来好

清水小康村纪事

都搬进小康住宅楼房了
只是池塘、大口井、清水河
还在旧村落
菜地、牛圈、柴草、粪堆
鸡搬不过来

站在阳台上，眺望田野
像飘在空中的叶子

下了楼
坐在老庄门的树荫里
有风吹过苜蓿和泥土花香
才感觉到有些凉爽
才触摸到乡村真实生活

怀疑：寻找乡愁

出门下了三层楼梯，我又折回来
妻子和儿子两只船还停泊在梦中
没有树绿　没有鸟叫　没有溪水
仍然是家　不是心灵的老家

进城半月的母亲，正站在阳台上
眺望祁连山坡的田野
这里不是故乡
没地方挑水　没地方养鸡　没地方种田

我住在三楼
头顶不是蓝天，脚下不是大地
我总是把全身的窗子关闭
总怀疑自己的腿
是否在半夜插入别人的睡眠

有时伸出手去，抓住一片杨树叶子
我感觉，我摸到一截子故乡的尾巴

火车站写生

在凉州火车站
他们背上铺盖、行李卷
和头上的草屑
——生活堆积的皱纹
走向他们大雁一样的日子

把女人、孩子、先人的坟、清明
留给空了的村子

地膜土豆和玉米
明晃晃的
在眼底像泪水
远远抛在三月身后

赌　命（组诗）

麦　笛

赌　命

村里有人死了，才能吃顿饱饭
父亲饿死那年，他赌了一次
悄悄把自己改名为：田有命

十二岁那年，母亲疯了，家散了
他又赌了一次：卖掉老牛，买了刀头敬酒
跟着一群饿得发慌的地鼠
踩过摇晃的跳板，爬上船头：
“河神啊，今夜保佑我们闯云南
死命赌活命，走水……”
从此，纤索成为老田的锁命绳
弹簧一样硬的脊椎，拉直了弯弯滩
翻过石门坎，还有金沙岩
每一次匍匐与仰望，都在提头叩问：

会不会从鬼门关里，向死而生

而立年，船过石龙寺，老田再赌了一次
顺手牵羊，牵回长自己十岁的翠翠
传宗接代时，老田输掉了自己的腰椎
膝下无子，命根不硬，日子就软
翠翠逃回了云南，之后
江边空洞的房子就像得了偏瘫
攥着政府发的票子，老田最后赌一次
悄悄把自己改名为：田救济

高粱是父母手里的仇人

故土的膏腴流逝后
只剩下血，只能种高粱
以血燃血，适宜酿酒
所以，父母在收割高粱时
要用左手按住高粱的头
右手握镰，一刀毙命，像砍仇人
唯有坟头上长出的高粱
可以例外

截　句

草木枯萎掉的，正是秋虫歌吟的
秋雨找寻的

雁过处，山孤独，屋脊冰凉
月亮是断肠人的结石

天空高出的
正是人间缺失的

剪　影

枣子，被风干
皱成父辈的脸

秋风揪住一朵花，往篱笆上撞
村头二愣子，在打婆娘

白云与远山（组诗）

白鹤林

白云深处

大山上的白云最白
因为离太阳最近
白云深处的人最亲
因为离心最近

亲人惦记卢永英家
因为过去的日子很苦
家里的变化说不完
因为派驻了第一书记

甜蜜蜜

男人开着小货车回来

收了满满一车大西瓜
女人在堂屋里灌蜂蜜
给客人带回城里的家

“我们来把微信加起吧
下次给你们送货上门”
自从对口帮扶干部来
小两口的日子甜蜜蜜

山高坡陡不怕了

郭牛村的路通了
新房子也修起来了
郭牛村有村歌了
村训也上墙了

郭牛村过去是牛尾巴——落后了
现在是牛头——当先了
郭牛村人的富裕文明观念新了
山高坡陡也不怕了

一棵重生的树

一棵树老了朽了

在大风中直直地倒下了
但大地和阳光
没有放弃对它的希望与帮扶

枯木逢春不是奇迹
而是因为心中的坚持
就像路边的那棵重生的树
它重生的美，胜过万千繁华

北川往事

那年我们去过的三坪村
刚刚经历灾后重生
如今她又像个老朋友
迎来我们这些采风的新老客人

走在焕然一新的房前屋后和健身广场
坐下来跟主人家和扶贫干部拉家常
我们已经快要忘记
那些艰难和落泪的日日夜夜

远山的背影

罗浮山的半山腰上

传来阵阵悠扬的山歌
歌声如盛夏郁郁葱葱的草木
在心中绿油油地生长

你看，那扶贫人的背影
如大山般沉默而坚定
你听，那改天换地的故事
正被人们深情讲述

根治贫穷的药方（外一首）

苦　力

穴字当头
将无辜的力
捆绑在窄小的洞穴里
如五行山的咒符
让孙悟空永世不得翻身

穷字在几千年的历史变迁中
被这小小的方块文字
判了无期徒刑

因为穷
善良的人扭曲了灵魂
因为穷
多少人一次次揭竿暴动
古往今来的统治者
无法开出根治他的药方
如伍子胥过长江

一夜愁白了头

一个伟大的作家说
贫穷的本质在于他消灭了未来
我赞美那红色的幽灵
因为他读懂了贫穷的根源

中国扶贫的攻坚战
正以药到病除
妙手回春的佳绩
在南北大地开花结果
不信
你来一碗水村庄看一看

一碗水村庄

这里不是传说中的火焰山
这里也不是赤道极地
这里曾是火神祝融的国度
这里是水神共公的禁地
这里的人
一生仅能享受三次沐浴
出生　婚嫁　死去

他们喝着水神残留的血
祖祖辈辈
将老天爷的泪水收起
哪怕半滴
也绝不让它蒸发流失
因为水
堪比黄金贵重

一桶水可以兑换三天口粮
一桶水
可以俘获少女的芳心
从古至今
男人肩挑手扛
从五公里外的大山中取水
一路走来
惊醒了人民的公仆

一项扶贫的政策
劈山开路　引水架桥
疑是银河天上来
天蓝了　地绿了
水神共公
在一碗水村庄复活

新民风，点亮人性的光芒（组诗）

姜　华

新民风，吹遍旬阳山乡

秋天，在家乡土地上行走
清新的风一阵阵吹过山川、河流
田野、村庄和人们健康的脸庞
诚信、孝道、勤劳、节俭、和睦
这些名词仿佛生出翅膀，一夜之间
在旬阳土地发芽，开花结果

乡间缀满浆果的大树，从五千年
文明深处生根。那些漫山遍野的动物
和植物也在开花。路不拾遗
夜不闭户，人和景明。我看到
新民风的光芒，正在普照、点亮
那些久违的人性之光

还有什么样的变化让人如此欣喜
神奇的处方破解了精神的饥荒
一场变革掀起的文明风暴
必将重塑出一个民族的品质
秋分日，我听到漫山遍野果实
成熟的爆裂声，饱满、自信、有力

在蜀河听东区片介绍新民风助推扶贫

秋雨在窗外缠绵，恰好滋润
干渴的土地，和万物。坐在镇政府
新建的会议室内，听七个镇介绍
新民风助推扶贫事例，感觉到
周围的草木萌发的动静。身上
轻微寒意，正在纷纷退去

这里曾经是一块红色的土地
七十多年前，星星之火在东区蔓延
几十名热血青年，在江北
参加了红军。在今天，我看见无数
后来者的背影，怀揣籽种、道义和责任
穿梭在田间地头，让信仰开花

秋天，成熟的清香掠过秦巴山地

有鱼群在汉江、蜀河里穿行，刚好
印证了一种关系。我仿佛听见那些叫
红军、双河、关口、构元、仙河
和棕溪的名词，化为时空奔跑跫音
和遍地开花的誓言，掷地有声

秋走长沙村

恐怕穷尽你的想象，也想不到
当年一个闭塞、贫穷、逼仄的村子
如今这样繁荣、开阔而饱满
深秋，在一个叫长沙的村子里行走
那些整洁的道路，摇晃的花圃、瓜果
和闪亮的房屋，以及地里的烟叶
拐枣树上鸟儿都在为这个季节鼓掌、歌唱

那些在路旁招手的小草、野花
也长得很有教养。小鸡、小鸭在
场院里踱步，计算着产蛋数量
怀孕的母猪，享受着主人专供的小灶
还有小棕溪富足的欢笑声一直流入你心里

我看到一个前世贫困的名词
现在遍地生金。而那些在前方

领路的人，已纷纷在月光下走远
事实上，一个叫长沙的村子
早已把贫穷赶出村史，扔进汉江
被一个排浪卷走

红军讲习所

故事发生于1935年冬天，一场罕见
大雪落在九龙山上。佛爷庙前一场战火
烧红了碾子沟。十四名红军战士
同四百多敌人浴血奋战，子弹
从白天击穿黑夜，两名红军战士
献出了生命。讲述者声音低了下来

红军精神，是无数先烈用鲜血
和生命炼出的金子。跟着共产党走
才能过上好日子。红军都是
穷人家后生，他们没有多少文化
只有坚强信仰。他们高举起
燃烧的火把，给穷人指路

坐在红军村讲习所，沿着时光
隧道，返回七十二年前，我听到
镰刀与铁锤碰撞发出的雷声

今天，消除贫穷已变成神圣诺言
当我写下这段文字，听到隐隐
雷声，从九龙山上远远传来

站起来的残疾人

在乡村行走，我发现许多弯曲的树木
挺直了腰身，枝头发黄的树叶，满面红光
还有那些风摧的草，霜打的苗
生病的庄稼，纷纷被阳光伸过来的手
一一扶起。校正了倾斜的天空

扶起来的还有那些人。那些
残疾者、聋哑者、智障者、生病者
和那些生长在黄莲树下的生命
政府不仅给他们送去了籽种、树苗
鸡苗、猪崽和一根根拐杖。还送去了
智慧、志气和站起来的力量

是的，他们已经或正在
站起来。这个秋天，在八百里
旬阳大地上行走，我看到他们手挽手
成为地平线上另一道风景

放蓝天（组诗）

罗国雄

第一女书记

留小男式，行事风风火火
私家车跑几百里山路不输专业驾驶员
一到村上，就把梳妆打扮的家什藏起来
马边河当镜子，山泉水洗脸，兼冷饮
多了一个故乡，多了一千多亲人
甚至觉得，更多的时候
她住在村里，寨子也住在她那里
一千多人和她共享一副皮囊
一副身体，一副营养不良的山水
从此风雨同舟，紧握命运的绳

两年修成了村姑，却换了一个人间
村路修到茶园里，新寨在芝麻花上开花
一道彩虹里有果蔬、粮食、药材，和她

喜欢的草垛一样的云，跳跃的晨星、鸟鸣
围着成群的牛羊和茶叶加工厂唱山歌
朝阳升起，把慈悲铺向田野、村寨
飞行的大海，像流水漫过全身
将她淹没，像洗一件干净的祭品

要走了，把抽屉里的日记本，内敛的山
和柔软的水打包，苦涩的记忆也要带走
却把姓名、籍贯、身份和荣光，还给村寨
还有描绘过生活炊烟的笔，力透大山之后
从此住在一千多人心里，像女儿照料父亲

彝家新寨

它们彼此靠得很近，互相呼唤着
它们像星星聚集，提着灯笼去旷野
把自己点亮。它们队列整齐、有序
声音交响而合拍。它们是小凉山上的云
缓缓地飘着，划出一道道优美的弧线
但从不折断翅膀。它们飞越群山
一眼就看见了蓝天，并在上面印花

它们叫珍珠桥、烟峰、光华、莲花山
它们叫玛瑙、柏香、后池、春林、石丈空

它们是水墨画，它们是田园诗
它们是太阳的火把，月亮的镰刀
它们是失落的神图，刚刚找回
它们是复兴号动车组，刚刚提速
我们得抓紧时间，让每个座位
都坐得满满的

木　耳

高卓营乡大院子中学在深山里
浙江来支教的大学生黄弘
像一株蔷薇科的三叶树，抗风耐湿
树姿优美地在一片荆棘地里活了六年

每当夜幕降临，他就站在校门口
从左边的油榨坪开始造句
挂灯坪在右眼里，依次点亮了群山
和他心里的那盏孤灯

荒草把人世隔开，更高的山从远处看
都像是他的学生，沿马边河一路小跑
追逐着星辰，被流水取走了影子和秘密

直到他回了杭州。山里的虫鸣

依然咬着他梦里带露的叶子
某日清晨醒来，身体像长出了木耳
能听到远方彝族少女的歌声

握　手

雅砻江握手安宁河，金沙江握手雅砻江
岷江，先和大渡河、青衣江握手
再与马边河握手，当它们和金沙江
握住了手，长江，挥一挥水袖
抖落了昼夜奔跑的浪花的头颅

小相岭握手大雪山，大凉山握手小相岭
小凉山揽着雷马屏峨，先和大凉山握手
再和乐山大佛、峨眉山握手，四川盆地
才完成了环绕，田肥美，民殷富
沃野千里，蓄积成天府之国

空山新雨后的大风顶。树与天空
石头和庄稼，扶贫干部同村寨握手
连悬崖，都散发出荷尔蒙的香味
和走到它心里的道路，握住了手
落入人间的马边河，站起来，手搭凉棚
和第一缕迈过黄茅埂的阳光，握了握手

电流穿过脏腑时，眼睛里不见了悲伤
只见春天，像刚剥出壳的玉米
饱满、纯真，被欢乐，爱，和温暖的露水
捧着。远远望去，黄的像金子
白的是银子在闪闪发亮

穿墙术

从马边回乐山进了城，到小区门口
发现一只蚊虫跟我同车了
好几百里山路。我下车
它跟着下车。走进花园里
才知它是鞘翅目的萤火虫
身体透亮，哗哗地流放光芒
像是动用了群山的合唱
直到女儿把它关在门外

凌晨醒来，见它在我床边
打量世界的样子，像极了女儿小时候
有穷人的自尊："爸爸，你不能抛下我。"

瞬间，山里的白月光
仿佛获得了穿墙术，再也捂不住了
从我身体里、心里全都跑了出来

彝乡扶贫纪事（四首）

逸　西

在布拖扶贫

在布拖
云朵的花，开在天上
土豆的花，开在地里
扶贫的花，开在心中
一清二白

阳光从一匹山跑向另一匹山
驱赶着天上和地里洁白的羊群

为了彝区因毒致贫的家庭
不再忧伤、不再流泪
我和四川戒毒管理局的几位民警
坐在一辆白色的车子里

被漫山遍野跑来跑去的阳光
当成彝区走散的羊群
从一匹山赶到另一匹山
从一个村庄追到另一个村庄
阳光喊累
我们不累

阳光停止追逐
我们还在路上

布拖一朵花

轻轻地，轻轻地
解下一丝风的纽扣
宽大的雨
就从山那边
响彻过来。在布拖
淋湿昨夜一枝花
和她内心，难以诉说的隐隐伤情

土豆花还在山上盛开，牛羊还关在圈里
无边无际的病毒，看不见的病毒
浸透
布拖一枝花

奄奄喘息

在这个谈艾色变的早晨
布拖一枝花，刚刚醒来
罪恶的手指
又把自己，移进
比罂粟
还要毒十倍的白色粉末……

注：布拖目前是凉山州毒品和艾滋病最为严重的县，已引起各级政府和相关部门高度重视。四川首个“爱之家”禁毒防艾法律服务工作站于2018年6月7日在该县正式揭牌成立。

去布拖

从成都出发，骑一条铁牛
翻过凉山州尔舞山
扶贫民警陈德说，我们
还要跑114.8公里，2小时30分钟后
就能到达布拖县城了

一路上，铁牛颠得人腰酸背痛。但我看见
漫山遍野的彝文，在奔跑
像云朵，挂上树梢
布满凉山，魔蓝般

水洗过的天空

一缕风，还在路上。等我

送法进彝乡

6 月的阳光，被扶贫的车轮碾破
一个滚烫的上午，流淌
在布拖县木尔乡呷乌村活动中心院坝
“哗啦啦”地响着

“我们的心脏与拳头一样
请举起你的左手
请举起你的右手
打开紧握的拳头
打开我们的心胸
伸出你的双手
拍响属于你的快乐……”
这是四川“爱之家”禁毒防艾法律服务工作站
民警骆志军刮起的一场风

四川司法行政戒毒系统禁毒宣传月
“送法进彝乡”巡讲第三场报告
就在这风中拉开帷幕

激活彝族同胞数百双饥渴的眼球
六呷我比听着。陡峭的脸上，垂直挂满稻香
几颗雪白的门牙，像米粒一样晃动

“送法进彝乡”不是一场风
在掀开彝区面纱之后，民警
又走进彝族同胞家中
关心他们房前屋后的耕牛和圈养的小猪
以及门前尚在建设的道路
在通往垭口和山外之后，一笔勾销
呷乌村的贫穷与落后

罗江物语（外三首）

杨　忠

十月，停在罗江的黄昏
晚风，一边和云彩说着再见
一边想起昨夜从遥远的蒙顶山
托来的梦境，无人知晓这是开始
或是结束，或者无从发生
于是等待，成为流淌的河
终在经年之后，轻抚时光的叹息
用浅浅的印迹，证明
这里曾经的故事，罗江啊！
您留下什么物语？
让来者如痴如醉

脱贫攻坚故事

天上的星河，漫过堤岸
跌落人间的罗江，江面

清辉满帆，秋风正爽
从鄢家镇到白马关
谁在攻坚路上脱贫忙？
谁在小康路上争朝夕？

干部来、党员来，对症施策办法来
部门来、企业来，发展特色市场来
项目来、产业来，因地制宜增收来
股权来、服务来，致富路上保障来
专业社里社员唱起欢乐歌
产业园中村民分红笑脸多

“扶贫先扶志”，培训宣传开思路
“小微项目”好，“造血”脱贫可持续
梳理“补短板”，精准到户无遗漏
“两不愁三保障”，残疾老弱全覆盖
“四园一体”作示范，特色走廊连城乡
“一个不能少”，脱贫攻坚在行动

要问关键是什么？党的领导是核心
第一书记挑重担，党员干部带头干
科学决策目标定，措施具体步骤明
村规民约风尚好，干部群众人心齐
无私奉献故事多，新时代里唱新歌
这样的地方哪里找？《星星》诗刊在报道

在路上

扶贫乡间行
一方沃土香
山丘润夜雨
风烟连古今
《星星》麾下天为岸
用心悟道诗作伴
从今往后踏歌行
意随情牵不畏难

灯　盏

不言不语，将光明托起
点亮夜的乡村

寒冷中的温暖
嵌入人心深处
过目不忘

其实，灯盏是地名
我愿意，瞅一瞅你
燃起的火

扶贫攻坚的“百团”行动

彭俐辉

——近年，四川德阳市共青团委与罗江县等团委开展“百团共进”活动，助力扶贫攻坚。

集结。100 个基层团组织
像一股巨大的春风
不可遏止地涌进乡村
100 面鲜艳的，凝集了激情青春的团旗
以昂扬的姿态，直抵槐树和柴垛

“诚实守信”“感恩”“奋斗”“遵纪守法”
一个又一个亮丽的信念
铁锹一样插入大地
仿佛一盏长驱直入的灯
要去照亮不惑，茫然，困扰

春风一意向远，伸手可触
为了让 100 名农村青年创业

像鹰一样展翅高飞
“百团”手脚并用，调动原野和山冈
极力给喷涌的潮流
开辟一片广阔的天地

春风饱满，沿途纷纷扬扬
惠及100名贫困学子
——“百团”唤来四面八方的力量
托举起了一个又一个金色的秋天
把贫穷这块阻碍学业的绊脚石
深深踩到脚下
创造了通往远方的星光大道

绵实的春风，在绵实的村庄恣意张扬
100个帮贫助困的公益项目
——关爱留守，扶持特困青工，就业培训，法律援助
如高铁快速奔跑，跑成现实
山间溪流，坡上野花

春风十里，一里一派盎然
行动中的“百团”
修路，打井，引资金，建网，架桥
燃烧在田间、地头的火焰
温暖了一颗又一颗心灵

春风无边，温情无孔不入
结对，共建，众扶，众帮，一对一
在树下，院坝，山坡，菜地
扶贫攻坚的共青“百团”
像春色一样浸染，泛起一道致富的光泽

向幸福出发（组诗）

野　风

搬　迁

祖祖辈辈，走不完的羊肠小路
世世代代，挑不完的日出月落
青筋暴突，冲不出低矮黝黑的泥屋
皮肤皲裂，逃不出板结贫瘠的黄土

生活超出的部分，早已枯萎于苍山云海
日子拔节的高度，早已凋零于清风和玉露

无法看见，一粒粟米在超市上高贵的身影
无法看见，一颗山栗在蛋糕店受热捧的程度

习惯于约定俗成的宿命
麻木于安身立命的营生

一根刺刺不痛习惯了疼痛的人
一根刺刺痛中南海的神经

看，在开阔处枕着黎明的新村
正住着来自大山的人们……

决胜脱贫攻坚

激动于大时代的峥嵘岁月
无法遮掩内心的阳光
苍生拔节
大地拔节
历经五千年的沧桑
历经五千年的苍凉
早就熟稔的白山黑水
曾经装载了我们多少的忧伤

站立于江山之上
在飘扬的旗帜下
倾听伟大嬗变的声响
从没有过的幸福
夹着松涛奔涌而来
出征的鼓点激越人间

在华灯初上的交集中
脱贫攻坚的大幕徐徐拉开
生旦净丑倾情演绎

“一万年太久，只争朝夕”

大厦千间
良田万顷
“绝不落下每一个人”

奋斗，是最美的歌
进取，是最美的诗

我们正行走在诗经的浪漫中
我们正漫步在唐诗宋词的洒脱中
为美好而创造
为美妙而放歌

诗意栖居中华大地
有我，有你，有他

山村是幸福的

山村是幸福的

开着油菜花从远古走来
一如如期而至的炊烟
玩弄鸟鸣
牛背上翻晒得发白的日子
被南瓜秧的触须抓住
凉挂在篱笆上
褴褴褛褛
让陶渊明总无法走远

神伤事物一成不变的顽固
总恭敬于时间的废墟不能自拔
在新时代的节拍中我行我素

无法忘却的初心
不允许七彩的版图留白
“每一个人都要出彩”
这是来自内心深处的呐喊

春风吹遍大江南北
也吹拂了山村的每个角落

东南海岸的风
一路向西北疾驰而来
卸下澎湃的涛声
轻易打湿西北部落后的山村

和危岩一样顽固的贫困
被扶贫的号角打碎

开路，筑一条通向幸福的路
办厂，办一间获取财富的厂
垦地，垦植被丢荒的沃土
改造，改就秀美的乡村

雄鸡破晓
唤醒了沉睡几千年的斗志
唤醒了沉睡几千年的陶渊明
合着新时代的节拍起舞

恍然如梦
梦中的你
并没有就此打住
正朝着更大的梦出发

今年秋天，我回老家走了一趟（组诗）

赵加辉

大　妈

大妈站在我面前，和三年前相比较
她的腰板更直了些
额头上，浮出一片油亮的光波

她的话也多了
那一粒，一粒端庄饱满的文字
很像她刚从后山采摘回来的苹果

地木耳

生活在坟旮里、草根上、牛粪旁
生活在潮湿不见阳光的地方

像一个，一个萎靡不振的散兵游勇

还是邻家老二长能耐
把它们召集一起
进行自信和素质提升

它们精神了，健壮了
它们所向披靡
攻占村外，一座又一座新高地

村里的陌生人

总是遇上那几个年轻的陌生人
他们总是习惯性地向我点点头
或者，很有礼貌地问一声
“你好！找人吗?”

看起来他们都很忙
对这里的土地、牛羊、炊烟、泥墙瓦舍、一草一木
仿佛有着与生俱来的
血肉亲情

我知道他们从城里来
与我离开村里时一般大的年龄

我还听见村里人常常炫耀他们
就像炫耀自己最得意的子孙

我突然觉得，我不该在秋天回来
如果选择冬天，在村口遇上他们
或许我也是村边池塘中一粒欢快的音符
或许我也是后山果园里一滴流蜜的笑声

山洼里，那一笼带刺的月季

它还住在那里
看起来，性格有些孤僻、怪异
也不修边幅
一点都不像记忆中的名门望族

它有许多邻居和亲戚
大多断了往来，连开朗活泼的花喜鹊
也与它闹了隔阂

我试着向它靠近
用一种友好的方式和它交流
它却在风的怂恿下
狠狠地，咬了我一口

我微笑着，让血液
一滴一滴注入它的身体
我想明年秋天再回去时
它至少能给我一个好脸色

看望旧友

去看望一位儿时的玩伴，偏偏遇上
一条毛色油亮的大黑狗
它冲我摇着尾巴，不紧不慢地嚷着
它说什么？我听不太懂
从它的眼神可以断定，它没有恶意
更没有想要攻击我的动作

我试着靠近它，不紧不慢地说
你可能不认识我，你祖先和我很熟
曾经，我送过它们
从家里偷出来的肉骨头

我说什么？它也听不太懂
依旧冲我摇着尾巴，不紧不慢地嚷着
它身后是一幢三层小楼
安静的小楼，很像刚刚开园的花朵

山枣树

沿着记忆的方向走下去
几棵山枣树，陡在 90 度的坡上
拴住我的目光

没有哪一位母亲向它行注目礼
没有哪个孩子能叫出它的名字
当最后一片枣叶飘离枝头
我看见：山枣树伸向空中的手臂
与过往的风撕扯着，拼命地想留住什么

这些山枣树
春天里抽芽曾抽出我的惊讶
夏天里飞花曾飞出我的向往
青青的山枣，酸酸涩涩的山枣
是我多风多雨的童年里
一盏盏不灭的温暖

许多事物已经遥远
就这些山枣树，还陡在 90 度的坡上
坚挺的枣刺
我内心深处化不开的痛

乡村扶贫（外二首）

尹才干

打包了一阕“披星戴月”
内敛了一枚“翻山越岭”
降落偏僻村落，降落青山绿水
森林般茂盛的淳朴民情
环绕我五味杂陈的心灵
取出缠在腰间的“愚公”旗帜
猛击岁月的大鼓，发誓让乡亲
住进“富裕”词语的丛林

在攻坚作战室里开大会
过一回高高在上的将军瘾
点亮月亮，聚集星星
运筹帷幄，射击路线
定在“社社通”的道路里
调兵遣将，驰骋在
一张张危房改造的图纸里
招兵买马，冲浪在

产业发展的波澜里

于是，一名名第一书记
三过家门而不入
走肥了脚下一条条羊肠路
一名名乡村干部
牺牲了多少节假日
走瘦了家中的妻子儿女情
365 瓣日子，照亮了
他们南上北下的征程

于是，村民的时间
也忙碌起来，用时针
拆掉一个个懒汉的
高脚杯，用分针
抛却一个个赌徒的闲情
用秒针，让他们日夜兼程
打着产业发展牌，在成本
与利润之间精明转圈，转圈

晨昏更替，寒暑易节
一条条致富路在乡间蜿蜒
一座座新房在山坡上屹立
一个个产业大棚把田野装点
红旗、宝马、奔驰开到了院坝前

最值得欣慰的，还是那村民
娶妻生子的夙愿，敲响了
倒计时程的鼓点。子子孙孙
世世代代，要在这小康的
幸福路上绵延，绵延……

扶贫路上

扶贫山村的讯息
被东风一阵阵泄露
被阳光一米米传播
被甘霖一滴滴浸润
扶贫山村的号角
嘹亮了弯弯的山路

打包好亲人的叮咛
珍藏好思念的情愫
折叠好翻山越岭的疲惫
搅起头脑的绿色风暴
孕育一个个脱贫奔小康的锦囊

面对扶贫作战图
举起初心与使命的旗帜
插到十沟八梁的坐标上

让烂泥路观察彩虹的颜色
茅草危房不断涌起
比肩砖瓦新房的冲动
懒惰的田野起迎汹涌的春潮
赖床的荒坡摇曳金黄的梦幻……

于是，规划、方案、宏图
思维碰撞声、丰收憧憬声……
全都托起了时代的高度
于是，脚板、镰刀、犁尖
吆喝牛羊声、机器轰隆声
全都揣满了诚挚的温度

那些柏油路，水泥路，便民路
如蛛网般串连起村民的梦想
那些种植业，养殖业，旅游业
送来了稻浪的芬芳或鸡鸭的合唱

路，伸向远方
鼓点激越，步伐铿锵
沿途有荆棘、顽石
更多的是一马平川……

下乡植花

一位城里姑娘
把都市的一株花
植在村口的瞭望台
从此，贫瘠的土地
香气弥漫。草木、庄稼
家畜、鸟叫、蛙鸣
一起演奏富裕文明

于是，从每一个院坝
每一个园子，每一方荷塘
出发，一村人的梦想
伸向远方

于是，乡村的栅栏冲破了
泥土的芬芳飘了出去
都市的时尚挤了进来

炫目的光芒（组诗）

袁　宏

羊群也是美丽的花朵

羊圈前，许安全伸出手指
掐算，一变成二
二变成四，四变成八
八变成十六，十六变成三十二
三十二最后变成了一百二十六
数字出现裂变
他仿佛掐断了穷根
阳光照射过来
内心感到惊讶
脸上荡漾着春光

此时，放牧在四周的羊群
成了他眼中最美丽的花朵

一片金色的向日葵

太阳走，他跟着走
太阳休息，他低头思考

一片金色的向日葵
颤动着炫目的光芒
引来了一群幸福的彩蝶
也引来了城里人观光

小王站在葵花地，手舞足蹈
自从发动搞观光农业
仅这一片向日葵，就给他增收几万元

提到精准扶贫
小王像一株籽粒饱满的向日葵
虔诚地低下了头

水

老支书辞世时
微张着嘴呼喊：“水、水、水……”
新支书小刘跑去缸里舀了一碗水

老支书摇摇头，不停地喊：“水、水、水……”
小刘跪在父亲床前发誓，要解决村民用水

天苍村五六百人平常靠天吃水
遇到天旱就人工送水
山顶上一股细流带来了希望
扶贫攻坚仗在村里打响
村民们渴望解决饮水问题

小刘多方筹资启动了饮水工程
后山炸响了第一炮
村民有钱出钱，无钱出力
决战一百二十多天
一股山泉哗哗流进村头
王大爷捧起泉水，跪在地上
突然高声呼叫：
“老支书，你闭上眼吧，我们有水啦！”

天　路

一头三百斤的大肥猪还未抬拢集市
半路就死掉了，儿子小明上大学的书学费泡了汤
村民王大鹏抱着一头肥猪痛哭

村长站在一旁捶胸顿足
抬猪的个个握紧了拳头

天苍村海拔 1650 米
山路似一只老虎挡在前面
它尖利的牙齿咬痛了村庄

搬家还是修路?
村民自发地聚集在一起商议
决定扫除拦路虎

公路再难，也难不着修路人的决心
山峰再高，也高不过修路人的智慧
一条道路终于修到了山寨
它圆了王大鹏的梦
打通了下界与天空之间的门槛

裂　变（组诗）

李欣蔓

村民杨文森

客厅里的投影是生活的化身
他笑脸上的皱纹像遍地长满的草

一生都在脱离贫困
发改干部送来电视机、洗衣机、棉被……
园子里家禽小项目不停地长

他蜷缩在被窝里长期一动不动的梦
开始发亮

摄像头对准他喝酒的背影
几个治安人员在房前屋后盯梢
路灯照亮他家的院子

无线网接通政策

腐烂的梁桩
黑瓦上不见的炊烟
一夜之间旧房变新颜
想不到花甲之年能住上小楼

他越活骨头越硬朗
按一下遥控器
忽然轰隆的火车开进村庄
车头开出去了
车尾还没开进来

村文书

高一脚低一脚，一瘸一拐地走
一笔一画地写着——
山坪塘改造、小粮仓建设

向上的石阶抬高了他的另一条腿
前世的盼望，村里的事物汇入计划
满纸的汉字睁着眼睛

汗珠从胸前滚落

清贫的日子被他写得快乐
愿望，警醒日出月落

望不尽的麦浪闪着金光
一片片梯田，一层层绿

一阵阵歌声
随着他 1.59 米的“海拔”加速度
追赶一个改革的时代

挖土豆

中营的山，被风用石头刻成
每寸土地，都浸着血泪
山里刨食的人
与疾风、贫穷同行

年年种土豆
挖出的土豆牛屎蛋那么小
寥寥无几，伤心的村民
两手紧握空空的光明

发改干部呼应着村民的悲伤
一起挖开中营山

刨出土豆，切碎，种在地里
松土、施肥、计算收入

每周提着水浇灌，脚印踩得深一点
白里透青的细碎之花
一开百里
土豆，开始由百斤变成千斤……
穷不会生根，富不会走路
瓦片还有翻身日

他们挖着挖着，脚跟变成了土豆的根
扎进泥土拔不出来
分不清是土豆变成脚印
还是脚印变成土豆

养兔女工

她喊上两嗓子
声音就像在风中抛出的一道金光
兔子们乱动的双脚刹那间停住
她趁机揪住兔子的耳朵

我随手拈一撮萝卜叶子，撒向兔笼
兔子的情绪一下点燃

嘴巴不停
仿佛遗憾眼睛长错了位置
兔笼摇晃，兔子沉甸甸的

她把一只兔子抱在怀里
每个指尖上都是疼惜
心里像准心的秤
伸出手指，掐算
一变二，二变百，百变万
数字呈现上升的裂变
掐断穷根

阳光走来走去，她内心惊讶
蹲在笼子里的肉兔
眼睛透明发红
脸上竟与自己一样
荡漾春光

脱贫攻坚，一个新词诞生的时代（组诗）

汪贵沿

脱贫攻坚

一个新词诞生的时代
如一缕春风
吹遍东西南北
所到之处鸟鸣花笑
枯木逢春

一个新词诞生的时代
如一把无形的剑
用信念和责任铸造
为共同富裕砥砺前行
不忘初心

这个词语让贫穷从此消亡
这个词语让智慧甩掉愚昧

辛酸变成笑颜
苦难变成力量
所有的皱纹不再紧锁
所有的麦穗笑弯了腰

它来了会见山挖洞
它来了会过水搭桥
它来了会拓宽视野
它来了会书声琅琅

一车车温暖抵御寒冬
一栋栋高楼种植梦想
一颗颗星星点亮黑夜
一朵朵祝福开满希望

这是一个最美的新词
这是一个民族的精神
如一枚巨大的钢针穿越神州大地
绣出万里江山

变　迁

说起扶贫攻坚战
便让想起多年前的一首老歌

低矮的草房苦涩的水
一条干枯的小河
一片贫瘠的土地
女人为你锁愁眉
男人为你累弯了腰
于是很多女人跑去了城市
很多男人抛家撇子去了远方

巢空了，老人弯曲在地里
屋漏了，小孩蜷缩在被窝
小村变成一支洞箫
每天夜里吹奏出凄凉的月光
不再有美丽的姑娘小芳
不再有田间挥臂的小阿哥
只有昏暗的油灯支撑着家的希望

多年以后，一股清流融入心田
土地肥了水也美了人也桃花了
夕阳醉倒在树梢　青山荡漾在水中
一条弯曲的小路
早已变成高架支撑的巨龙
将城市与乡村的距离
缩短成河东河西的风景

城乡之间

乡下人进了城
城里人去了乡下
进城的人背着太阳上班
拖着月亮回家
出城的人载着春风上班
牵着夕阳跑步
多好的环境依山傍水
城里的想出去
城外的人想进来
隔着一个世纪
原来这句话依然管用

户口本

一天诗人聚会
路过一个大鱼塘
看见一农家四合小院
院内杂草丛生，很有古朴通幽的味道
看起来有点像韶山冲
听说，这家主人在城市定居了
如果买来做一个诗歌养老基地多好

应斌说，你必须是本地农民才行
三十年前我为居民户口而骄傲
三十年后我为居民户口而汗颜

回 归

一个兄弟从乡下到城里
从打工到开公司
生意做得风生水起
于是兄弟姐妹都来帮他
他大哥高中文化，总爱指手画脚
却让很多年轻人没法工作
于是，他和兄弟吵了一架
回到乡下种了百亩中药，百亩花草
很快成了乡村人大代表
记者采访，他说还是回农村好
在这里我至少也算是个秀才

解　恨（外一首）

龙　叟

在西蜀，不能面对大山叹息
这些活着的庞然大物
会炫耀它们无以复加的荒蛮
老杨说，因为望而却步
它们总是高高在上

老杨的父亲交出了一生
最后仍被大山踩在脚下
那隆起的小土丘，像是
错误使用的借喻手法

老杨这辈子盼来了筑路人
在白云缭绕间
用一条不过分张扬的水泥路
将这世代的仇敌
从脚到头捆绑

两代人栽种的猕猴桃
铺展在半山腰。这个秋天
满满一大车果实下山了
像为汗水和泪水找到了归宿
老杨忍不住对着大山放开喉咙
歌唱此刻无以复加的
解恨

竹林人家

十五户农舍隐在竹林中
贫穷使他们卑怯的
不敢走到太阳底下
三十五岁的第一书记呀，心疼得
不敢独自面对山间夜晚

竹林广袤。竹叶
像千万双求助的手
第一书记捧出一颗心
一次次走进十五户村民的心房
走出来时，血脉已经通畅

得下足一番绣花功夫。第一书记
拽住竹子们的手，仿佛集结一支队伍

竹笋、竹料、竹器……这些深藏的宝贝
沉默不语的幽篁啊。第一书记手一挥
成立专业合作社。合作的手心
开出雅致的农家乐

十五户村民生于兹长于兹
不品尝幸福，就看不到竹子拔节生长
他们的笑脸，灿烂得如同朝霞
快三十八岁的第一书记呀
每个夜晚，总有个好梦相伴

今天是母亲节（外二首）

安娟英

我总听见大山深处
有人在呼唤我的声音
我时常发现远远的炊烟
不停地敲打着我的门窗
我不忍心你一双冻烂的小脚
在起伏的山林之间，在寒流与秋风中
在窄窄的田埂上来来去去
爬过一个个山坡转过一道道弯……

宝贝我知道你六一节在想妈妈
中秋十五在想妈妈
春节元宵节你伫立在村头
爬上老槐树对着天空
一声声哭喊着妈妈 妈妈……
宝贝啊宝贝，你听听我哼的摇篮曲
你闻一闻我身上的微香是不是和你妈妈的一样？
我会讲　你听大山外面霓虹灯的颜色

大海上的灯塔　还有天安门和纪念碑……
月光透过草房子的土墙
你凄凄无奈的眼神，忧郁得让我无法安宁
且是我最最隐痛的源头
宝贝，从此我来当你的妈妈好不好？
宝贝，寒凉的冬天我一定会来
宝贝，你饥饿的时候我一定会来
抱起我可怜的宝贝
让我擦干你脸上点点的泪花
让我梳洗好你蓬乱的头发
今夜我陪你一起来等候
你梦中从天堂回来的妈妈
告诉她：今天是母亲节

大叔，让我背你走出深山

——写在在四川乐山贫困村发放寒衣、慰问金时的现场

上坡　急刹车
当心　浓荫掩盖的土坯房炊烟袅袅
下坡　急刹车
当心　月落乌啼的小池塘清澈见底
却没有一座小桥如虹卧波的静好
却没有一个站台传递世外的风云
大叔　一见你

我就从此敲不成莲花落　唱不响阳关调
日月四季转换你一千零一个的故事
除了折磨劳累还是孤凄的痛不欲生
除了相戚的卑微，还是代代相袭的一贫如洗……
今天你呜咽的泪花　颤抖的感恩
似千军万马奔腾在我的胸膛
灵魂的禅念填不平太湖与乐山间的鸿沟
大叔　不要疑恐不要在意
今天　我要背你走出深山！
也许前世有缘
今生为你留下太多太多的自责和愧疚
该应让你的悲哀伤痛焚烧我这刻骨的无奈
虽然我无法又无能替代你们的生老病死天灾人祸
但我甘愿是一只上帝的羔羊独自走向修罗场
如果披上黄色的法衣可以借来仙鹤的双翅
如果摇响全世界的风铃　弥撒我所有的祈祷
可引一方净土扎根到闭塞几千里的荒山野岭
我不仅要让这里褐色的山脉换上五彩的芬芳
不仅要让这里叠叠新楼青云直上书声朗朗
不仅仅要有车站、八角凉亭、弯弯的九曲桥啊
我要你的阵阵秋风，红薯，青草味的原色原味
也有化梦为蝶的激情迷荡，更有玫瑰花郁金香的祝愿

大叔　真的不要太在意
今天我一定要背着你走出深山！

把你一缕淡淡的笑留在我心中

——写在四川乐山苦竹村送寒衣捐款给留守儿童的现场

山空林静溺水千年的期盼
如涛声　折裂在我心海
苦竹花　山茶花　穿越春夏秋冬
牵不回白龙马唤不回南飞的雁
山路弯弯啊一头拴着山灰暗的寂静
一头拴着夜漫长的无声，苦竹村无海　无帆
草帘子按捺不住寒冷的抽搐任风一起卷曲
大婶啊！我在你的左边　你听得见吗？

我不触及你盼儿归，思念丈夫的悲伤
不问你年年为此，彻骨钻心阴阳二隔的牵挂
我们就聊聊有关三春的饥荒　清明的哀伤
大婶啊 不要憋住哭泣的泪，不要问我来自哪里
大婶 ，我们的沧桑与性别虽然不一样
但我们七十八个骨节骨骼彼此相同
肤色　心跳　血肉之温基本相似
五百年 你就是我婆家的婶　娘家的姨
最是你额头的红砂痣长的和我母亲的一模一样
大婶啊！你的耳朵真的听不见了吗？
就让我来帮你穿好新的蓝花袄　雪地靴

挽你去逛逛青城山　都江堰　宽窄巷
再途经汉口、合肥到江苏
大婶你不是孤独的一个人
大婶呵，你永远是我们大家的念想
大婶 让我们给你稍作打扮梳个头
一起来拍张有儿有女的合家欢
把你一缕淡淡的苦笑，永远留存进我五月的江南

把日子过成一粒细小的春天（外四首）

胡雪蓉

风吹着那么辽阔的空
天就要黑下来
村子里炊烟越来越淡
老屋早早就进入了梦乡
檐口的青苔独守寂寥

那么多想挣脱贫穷的脚步
像一根根刺，卡在村庄的喉咙

旧时光

正是青草铺天盖地的季节
窗外雨声急促。像一把把利刃
刺入或挑开，尘事在午夜疯长
杉树皮的屋顶。淅淅沥沥
雨滴声像儿时母亲怀里的催眠曲

枕着潮湿和冰冷，鼾声
填满了石壁的缝隙

醒着的梦焦灼怪异，在困窘里挣扎
发不出声的呼喊，无法抵达
仅一墙之隔的雨声
在生活的迷宫里，弯腰驼背颔首
犁、耕、种、锄……
被汗水浸透的土地
总无法结出饱满或富裕

唯有那根缺钙的脊柱
支撑着越来越多的疼痛

一条路穿过村庄

深谷里的春天弥散着兰的香
老屋隐于竹林后
一缕一缕，干净的炊烟是村庄的心跳

溪水穿过密林，掬一捧
落在手心的云也清透干净
时间在这里放慢了脚步
地里的蔬果也悠闲地生长

庄稼人用沾满泥土的辛劳
和老天小心翼翼地较劲

每一条小路都通往村庄
泥土和石块，曲曲折折
长满野花和荒草
没有一条能通往富庶与安适

开山的炮声像一声惊雷
被一条宽宽的水泥路打开的
不止大山里囚禁经年的色彩
村庄、土地、寂寥农事
甚至坡地上的脚印
都豁然开朗
一根玉米秆也甜到心尖尖上

裹在花香里的村庄

风和日丽或雷雨交加都不再重要
农学院的教授一进村
连枝头的鸦雀也变得安分

历经百年风雨雷击，村口的槐树
亲见第一棵果树在村民疑惑的目光里扎根

当村庄被浓郁的花香围裹，曾长满荒草的坡地
汪洋成一片花的海洋
樱花节、梨花节、桃花节
像蝴蝶一样飞，那么多的人
那么多山外的新奇

流水一样的果香淹没村庄的时候
订单也像雪片一样铺天盖地
“坐地日行八千里”曾是那么遥不可及的梦
沿着那条宽宽的水泥路
村庄的味道走遍天涯海角

把日子过成一粒细小的春天

溪水轻缓，阳光宠着炊烟
房前屋后的绿回到鸟鸣声里
崭新的庭院像一幅水墨
红灯笼是一个个高挂在门廊上的好日子
蓝粉紫白的牵牛花张开小喇叭
竹篱笆织成五线谱
忙碌的蜜蜂是跳跃的音符

风总是那么温文尔雅
轻轻吻一吻额头，或牵牵你的衣袖

带着甜味的空气，怀揣蜜糖
花园、别墅，那么遥不可及的梦
面朝黄土背朝天的杨老四和村民
做梦也没想到，会成为这里真正的主人

日子像豆角开花，苞米挂缨
绿裹着花香，满山满坡
醉人的干净清透
无拘无束地流淌

祖辈用镰刀锄头求生活的乡亲
学着用布满老茧的双手剪接生活
接待游客、销售土产。给用旧的时光着色
继续亲近泥土，和蝉鸣蛙声和睦相处
守住鸡鸣狗吠，为一只蝴蝶让路
让蜜蜂自由自在地酿蜜
为一棵树或一株草留足天空
不糟践一片枯叶，不浪费一滴清露
不善言说的乡亲，把日子过成一粒细小的春天

在乡下

——写在扶贫攻坚的日子

其 然

一

与一塘陈旧的池水摆龙门阵
有叹息声从上面走过
有低矮的背影从上面走过
有空瘦的书包从上面走过
也有飞机和红蜻蜓、花蝴蝶
从上面走过

泥泞的田埂，是通往外界唯一的
途径，秋虫在野草中
讨论枯黄的叶片上写满的秋风
模糊的日子，模糊了
一朵夏花的凋零，大地上
世界很美

二

虚拟的风，绿过一些山水
虚拟的文字，绿过一些章节
遗漏的夜色下，伤痛
被高处的星光包围，呻吟声
置放于低浅处，沉睡的小径
始终是歪歪斜斜的脚步

三

大山太高，高到无路可走
小路太窄，窄到风雨满程
贫困的山村啊，始终
在一条贫困的山道，匍匐而行

递一把梯，可以摘下秋天的硕果
筑一段路，可以让新鲜的月亮
走出山坳，心跳的目光
不需要锣鼓与盖头，去丰满
虚幻的羽翅

四

其实，那一团秋水是无辜的
长过野草，也生过稻香
裸露的伤痛，如同错过的田园
荒野，空养一片秋声

在十月的寒风中
尝一尝秋的味道，望眼欲穿的
镰刀，挂在铁锈斑斑的屋檐下
无奈刺痛了双眼，疗治硬伤
将它们从词语中删除，让走错路径的
山水，重新排列

五

有溪流出，就有洪水出
有洪水出，就有崇山峻岭出
在上工钟声撒落的地方
我们委下身来，找到大山的根部
找到眼眸中最渴求的亮点
换一套行头，为梦补妆
瘦弱的季节，一样会出落成
早春的模样

写在精准扶贫（外一首）

丁信才

穷山生恶障
恶水坑人穷
一代一代的山里人哟
脸朝黄土背朝天
缠上了资源匮乏
教育滞后的穷根

时光飞转
好运连绵
精准扶贫的号角
在中华大地奏响
扶智
扶贫的坚实足迹
遍及华夏

走山间小道
从山脚攀山顶

携一路春风
扶贫大军走村入户
细看细问
瞄靶子
分类分别
梳辫子
尽职尽责
结对子
访贤调研
寻点子

产业扶贫到村户
养鸡养羊又养猪
科学种田讲技术
撂荒土地种果蔬
一村一品谋发展
一户一策精准扶
土地争流转
致富重联营
城乡市场大联动
沉睡的山乡醒了

田野里
筑路开渠
边远户

异地搬迁集中住
常培训学文化
传播新技术
兜底扶贫
战天斗地拔穷根

瘦马无力欠东风
人不风流只因穷
如今
小楼迎旭日
娃娃上学堂
医疗有保障
低保“网”上乡
绿水青山流金银
城乡差别渐小
“非转农”难了
基本办不到

破茧成蝶的疼痛
将是飞跃的起点
中华子孙，不愧于龙的风骨
不愧对祖国山河
让昔日的穷山恶水
岁月流金，让无语的土地
长留欢歌笑语

马鞍滩的梦

小龙王子的神马
马脑壳昂首在水心子
马鞍子矗立在溪流洪荒

马鞍滩头，除了神话传说
还有蜷缩在门栏的老人
望着一辈子叹息的大山
哄着怀里的孙儿望星光

一场久违的洗礼
脱去了一家人的迷茫
沈书记带着我们脱贫
说农村也该有梦想

过年女婿儿开车到了家门口
一声笛鸣
荡涤了爷爷七十年的忧伤
手捧茶厂联营种植的金菊
菊花的芳香浸入了心房

还有那满山坡碧绿的橘林
就是我们日夜思念的梦乡

一口井救活一个月亮（外一首）

赵 博

井有多深，情就有多长
一口井救活一个山沟，也就
救活一个，乡村的月亮

从乡里，住进山沟半天
从老屋，搬到新房一年
村里来了工作组，一口深井
从地心，很快掏出人心

千年干渴，杏花桃花
从此，不再相信雨水
重获宠爱，柿子和核桃
一夜成了，有家的孩子

留守的老人，帮着
返家的儿子，早晚开门迎客
房前和屋后，三季都成了

如今，种金的宝地

城市越远，离故乡越近
生活有了烟火，日子就不再漫长
明月将出，你随手亮起树上的灯盏
我坐在亭子里，专心看那红日

绝　症

无钱看病，只能坐着等死
刘奶奶的老伴，就是这样
早走了几年

儿子早年，从异乡的脚手架落下
媳妇像一只燕子，匆匆
衔着人命钱飞走。孙子两个
小的改作他姓，大的迷失江湖
三间瓦房伴老，也许
很快，会随自己远去

亲戚素无往来。近被陌生人关心
看病有人掏钱，养老院白吃白住
社会让人念叨，这是不是做梦?!

坐以待毙，不如早早躺倒在地
突然被一群人扶起，她常常想着：
也许，还能多活十年

麻山腹地：我的三十四位“背篼干部”（组诗）

杨启刚

贵州麻山地区是贫困的代名词。这里自然环境恶劣，石漠化问题突出，抬眼望去，满山乱石如麻。有一首民谣这样描述麻山：“土如珍珠，水贵如油，满山遍野都是大石头。”踏着嶙峋的山路，贵州省长顺县敦操乡的34个乡镇干部，每周都会背着装满生活物资的背篼到分布于麻山腹地的敦操乡十几二十公里外的村民组为村民们送上生活必需品，当地居民都亲切地称呼他们为“背篼干部”。敦操乡少数民族人口占99%。十年前，敦操乡便有乡镇干部背着帆布口袋为一些村民送东西，时间长了，来访的乡镇干部与农民渐渐熟络，希望得到帮助的村民也越来越多，敦操乡便将为村民运送物资发展成为制度，将62个村民组划分为34个点，由34名干部每周四，用背篼帮村民送去生活用品

——题记

春雨夜：感受一个年轻团队

此刻，是春天的第一场春雨，淅淅沥沥的思想
正被滚过天际的雷声，轰然碾醒

那满山遍野的嶙峋怪石，沉睡了千年的峰峦
正以一种闻所未闻的方式，目睹着一群人
目睹着一个名叫胡荣忠的汉子，率领着
他年轻的团队，翻山越岭，寒来暑往
穿行在麻山腹地的山谷与深沟，白昼与夜晚

他们肩负着的，不仅仅有食盐，面条，洗衣粉
还有高粱种子，化肥以及在夜幕中闪烁的星星

夜已深，我与胡荣忠仍围坐在铁炉子旁
我们交流着创新“三定五帮一创”工作方法
我们交谈着乡干部恪守的“四不准”……

窗外那两株蓬松的黄花树，在漆黑的夜里
若隐若现，许多年过去了，只有它知道
这片土地的每一块石头，这片土地上的每一滴泪水
是怎样慢慢地，浸湿老百姓幸福的眼窝……

春天里：我的三十四位“背篼干部”

我无法用脆弱的语言，来表达
我对你们深深的敬意，我只是一个
匆匆的过客，但我知道
你们把老百姓装在心中

你们就能走进老百姓的心中

虽然我的身上，仍然流淌着乡土的血脉
但经年的城市生活，让我的眸子早已变得黯淡
但我仍然能够清晰地看见
你们把老百姓当作自己的亲人
老百姓也就把你们当作他们的亲人

这个春天，我终于打开了关闭已久的心扉
在这远离城市的乡村，在这淳朴而单纯的乡村
退下了那些臃肿的情绪，卸去了心里太多的暗流

走吧，我的三十四位兄弟姐妹
我也要与你们一样，肩上永远背着温暖和阳光

在那山高水远的腹地，我还要让春天的第一枝桃花
在一夜之间，绽放在每个人的脸庞……
我还要让这个季节里，第一枚暖暖的太阳
此刻，温馨地照耀着每个人的心房……

幽谷深处：一团团火焰在燃烧

一根火柴，就能点起一堆篝火
一团火焰，就能燃烧一座山峰

一个背篼，就能升起一面旗帜……

崎岖的山路上，我看不见一只苍鹰在蓝天盘旋
干渴的山坡上，我看不见一滴雨水在欢快地流淌
贫瘠的土地上，我看不见一粒稻子在吱吱生长……

但是，我看见高粱红了，像一团团火焰在燃烧
我看见，他们制服的胸前赫然印着“人民的公仆”
我看见，在峡谷深处，那背篼上
“为人民服务”的鲜红大字
在村寨与村寨之间穿行，在山谷与山谷之间飘扬
像一面火红的旗帜在燃烧
像一团火红的火焰在燃烧

三十四面鲜红的旗帜啊
那是三十四团火红的火焰
正在老百姓的心里熊熊燃烧……

我的心连着一扇窗（外三首）

陶代伦

脚步在扶贫路上奔忙
一路芳香
拥抱那个无助的眼神
为贫困搭建幸福的桥梁

我的心连着一扇窗
带上一米阳光
修补那面透风的墙
寒冷的家，不再寒冷

温暖一个村庄
池塘来了一个月亮
我的贫困户啊
笑容挂在了脸上

又见那条小河

那条小河
前年哭干了，留下泪痕
灵魂依旧流淌

我们把口中的沙子淘尽
吐在原野上

曾经贫穷、干旱的往事
我拿镜子又照了一遍
仿佛听见痛苦的声音

小河得到了整治
脱贫攻坚已见成效
“绿水青山，就是金山银山”

又见那条小河
放生的几尾鱼
有了自己的孩子

鱼儿在小河里翻滚
我的晚餐
不会涉及小河里的每一条鱼

帮扶干部的心事

进村入户，长久地蹲在一个地方
牵手一个又一个不离不弃的亲人
点燃自己这根蜡烛
给村民中的贫困照亮心灵

内心孤独的帮扶对象
就像屋顶稀疏的瓦檐和睫毛上的忧伤
倒出一腔的疲惫和苦水
无助的眼神，渴望远方的梦境

在春暖花开的日子里
帮扶干部的心事
让贫困户从睡梦中醒来
用自己骨骼支撑，加重脱贫的光荣

贫困村的第一书记

村民繁杂的琐事
走完白天还有半夜
没有理清

贫困村的第一书记
好何赶走穷乡亲的苦痛?
贫困挤满他的眉头

每一块土地都是磨难
家长里短
贫困的土地种满了庄稼

找寻银光安慰
求智慧指点
解答所有贫困的问题

帮扶日记密密麻麻的文字
没有豪言壮语
脱贫，已与时间谈妥

扶贫攻坚的春风吹醒太行（外一首）

张润所

不知道
黄花岭上的黄花
为什么叹息
不知道
青松岭上的青松
为什么几十年不变模样
黄花璀璨的安泽
依旧“日出而作，日落而息”
弯弯曲曲的沁水
没带走老百姓一丁点忧伤
解放都快七十年了
先哲荀子的老家
民族抗日的根据地
竟然还是看不起病
上不起学，取不起妻，住不起房
我们不得不寻思
祖辈、父辈是什么担当

我们应该有什么样的担当
我们的初衷
还在不在心中
我们的使命
指望挑在谁的肩上
是的，这里确实偏远荒凉
这里沟壑纵横，缺水缺土
也缺少道路桥梁
是的 ，这里虽然矿藏丰富
却也仅仅只是少数人
利用开放破坏了环境
填饱了私囊
多数百姓仍然为温饱挣扎
一次次希望，一次次失望
“小康”不过是眼巴巴的遥望

终于，终于等到
“扶贫攻坚”的春风春雷
终于，终于盼来
“共同富裕”的雨露阳光
春风吹遍吕梁
阳光温暖太行
在这偏远却并不偏僻的地方
百姓重新拾起信心
重新有了信仰

“脱贫致富”终于成为行动
再也不只是口号
不只是睡在纸上的文章
富民政策
书记从田间讲到地头
致富行动
县长是实实在在的榜样
沁河水日夜歌唱
和川高粱满面红光
冀氏镇破房变成一排排高楼
小黄村有了现代化 QQ 农场
黄花岭下的百姓终于能
看得起病，上得起学
取得起妻，买得起房
寻常百姓祖祖辈辈的心底
追求的就是这近在咫尺的小康
骑在良马乡骏马的背上
站在月亮湾的青石板上
借荀子炯炯目光
看今日山水安泽
山，披上了绿装
水，比任何时候更清亮

沁水河

铁布山流出来的水
叫沁水 ，过去叫少水
少，肯定不是少的意思
水太少，怎么能够日日夜夜流
千沟万壑一直流进黄河

不要以为河水
都心甘情愿归顺另一条河
有机会它们也会
从那条河流中跑出来
走自己的路，走进村庄
走进庄稼地里
那走进田园里的水
走进百姓心中的水
才是真正的绿水啊

与人没什么两样
河水有河水的爱与恨
拐弯叫蜿蜒 ，跌落叫瀑布
平平静静地与风聊天
叫荡漾，而作为沁水
我只想灌溉更多庄稼

灌溉更多草木
只想平平静静
看身边山川郁郁葱葱

在扶贫攻坚第一线呼叫支援（外二首）

何　文

我在扶贫攻坚的前线
看到了苦苦挣扎在贫困中的亲人们
我们力量太单薄，我大声呼叫
请求给我们支援

“医生，医生，请到第一线！”
他们身患重病，常年卧床不起
因病致贫，需要先从身体解除贫根
让他们恢复健康，站立起来
迈步走向富裕，幸福

“老师，老师，请到第一线！”
文化水平低，思想落后，缺乏技术
他们自称是“睁眼瞎”，需要指路人
为他们树起人生的路标

“企业家，爱心人士……请到第一线！”

请给他们一支拐杖，支撑还显孱弱的身体
请给他们一个岗位，融入到社会中
让大家伸出援助的手，温暖他们冰凉的心

在扶贫攻坚的第一线，我大声呼叫
祖国应声而来，人民应声而来，党应声而来
迅速集结起强大的军团
专项资金，产业，技术培训，施展各种攻坚战术
单位一对一帮扶，党员干部进基层，手段
贫穷的堡垒正被攻克
沉陷贫困的人将被一一解救出来
我期待胜利的号角早日吹响
在庆功宴上，我将把呼叫声换成奋进的口号
携手走向富裕

与子同袍

冬天的雪，落在破屋顶上尤其刺眼
房屋冻得蜷缩在地上，如一件不挡风的破衣
即使待在室内，寒风一吹便心凉如冰
“岂曰无衣，与子同袍”
“暖冬”行动早已启动，送温暖的人
要在北风之前进入需要关怀人的家里
告诉他，祖国一直都在

让暖心的话成为火种，点燃炉灶
让生活永不会熄火

衣衫褴褛，让你使劲往不起眼的角落躲
别人注视的目光让你有鞭打的疼痛
想找一条缝藏住自己
你自卑，怯懦，绝望
当你衣不蔽体，感到羞辱的不只是你
那些华丽的服饰让社会如坐针毡
“岂曰无衣，与子同袍”
在五星红旗覆盖的土地上
我们披着同一件外套：中国
共同体面地活着，是我们共同的祈愿

安居工程

破屋是缀在新农村宏图上的一块补丁
贫困的顽症，一直痛在祖国的心上
燕子一样栖身在别人的屋檐下
夜里，眼巴巴地看着灯火辉煌的生活
内心布满了黑暗

身安才可立命，安居方能乐业
安居工程，太阳底下最光辉的伟大工程

让每一个公民在中国有立身之所
为幸福生活打下的坚实基础

“新建广厦千万间，大庇天下寒士俱欢颜”
生活在光明之下，笑是幸福最直接的表达
这是被人们从内心里赞扬的工程
在天下寒士心里，它比长城更伟大

心安了，社会也就安了
家国永固的基础才算筑好

扶贫攻坚，让世界变得如此简单、美丽（组诗）

紫　影

赠阿尔么子合

6 月，我去大凉山检查工地
恰逢三双明亮眼睛
躲在临时构建的工棚里，与做着手工的妈妈
对我们这行人好奇，并目不转睛

这是布拖县城郊，蓝天飘着大朵的白云
杂石堆中，野草开着紫花，美丽
微风习习，却吹不冷铁皮上的热气

我慢慢走近，偷窥到不足六平方米的地方放置一张木床
两张矮板凳，墙上长满补丁
横七竖八的凌乱中
姐姐护着妹妹，小弟弟藏入妈妈怀里

在这样艰苦的环境里要住五个人
“阿尔么子合”说：“阿姨，等两天我就回到学校去。”
这个彝族小女孩真的好聪明
我没有什么给她的，可送的只有一把梳子，一支签字笔
还有写在她手心那个抹泪的“紫影”

赠向鹰

“为深入贯彻习近平总书记精准扶贫战略思想
更加扎实推进扶贫战略行动，更加有效解决当前脱贫攻坚中
存在的突出问题，党委政府发出 2017 年脱贫攻坚夏季攻势
行动，与队友们走组入户，认真做好贫困户人口精准识别
程序工作，对农户进行‘五看法’评分，让贫困户实现
‘两不愁、三保障’。”

“认真与村民到山里田间现场核实原二轮承包土地，进行
土地确权工作……争取近日完善并做公示，在两月内发放
第三轮土地承包合同。”

“文化虽低，只要学习，苦干实干，攻坚脱贫
我们将根据本土自然条件，发展因地制宜，农旅结合
弘扬红色文化，传承红色基因。”

“入户再次核实精准扶贫养殖情况，按政府扶贫政策要求

饲养牲畜家禽的特困户：养繁殖母牛补足 8000 元；
肉牛补贴 3000 元；猪每头补足 1000 元；鸡鸭每只补贴 50 元……”

这些文字，都是我从贵州镇宁县良田镇乐运村
向鹰村支书的微信取得的

赠安娟英

佛的女儿安娟英，她拥有一颗善良的心
小小的身体虽然患有糖尿病，却不远千里从无锡
多次来到富顺燎原村小学校行善行
他们带来的不仅有好心人捐送的电脑，棉被，衣裙
还有给孩子们的书包，笔记本……

数也数不清的昼夜，从担心变为现实
一栋中娇公司捐钱修建的教学楼使用起来了
她筹集的资金满足着孩子们的免费午餐
还在继续——

我，一直想写一首诗，感恩她活得充实，与
认真。虽然我们远隔千里，彼此却心心相印

今夜，想起不久中秋又将临近，我要告诉她的是
去年孩子们吃月饼嚼出太阳、月亮、星星
口口声声对陈校长说很喜欢远方的“安阿姨”

扶贫攻坚，成就山村之梦（二首）

闫小杰

扶贫攻坚，成就山村之梦

“我有一间房子
面朝大海　春暖花开”
是新农村建设
实现生活富裕的美梦
“采菊东篱下　悠然见南山”
是产业发展　秋天丰收的美梦

奔往春天的梦
陌上青青　炊烟袅袅
浅浅的绿　娇美的红
馈赠华夏大地
最美的大梦
蓬莱仙境

不再是海市蜃楼
是那青砖绿瓦　楼上楼下
电灯电话
是那村前屋后花果园
山上山下科学田的仙境
不是世外桃源
却胜似世外桃源

一河春水
铺开了山村大地的芬芳
南来北归的大雁
衔来江南诗歌的意象
大漠胡杨
永远生长梦中不落的红月亮
守望的炊烟
与拔节的玉米高粱
正在温暖着山村美好的人间
灵魂深处
勤劳　勇敢　善良　奋斗的精神
成为一只鸣唱的鸟儿最美的意境

生产发展　生活富裕
乡风文明　村容整洁
管理民主
是美好的山村梦

一幅幅仙境般的图画
正在展开
春风卷起浩荡
陇原大地　双联行动
掀开山村温暖幸福的屏障
春回大地　风情万种
一个新的梦　千万农人的梦
——山村的美梦
——陇原的美梦
——中国的美梦

精准扶贫，在路上

把春风的问候带来
把秋天的希望带来
神州大地
一条长路
一头连着千家万户
一头连着华夏神州的大梦

一种使命
演绎在一条弯曲的山路上
一种责任
挑起四季的希望

每一个走向山村的脚步
汇集成一曲小康路上的畅想

把阳光和鲜花托起
把辛苦和汗水洒下
村舍新了　道路平了
山村亮了　田野绿了
我们行走在奔向小康的路上
山村行走在中国梦的路上
一缕缕炊烟
飘起山乡巨变中的灿烂
一声声鸡鸣犬吠
成为富裕日子里
曼妙的琴弦
精准扶贫　全面小康——
我们行走在中国梦的路上

扶贫手册（组诗）

鲜红蕊

一

雨一直在下着
修检过的瓦房不漏雨了
段太贵和老妻欣喜起来
屋子终于不成水塘了
可以睡安稳觉了
一滴一滴的雨落下来
响动在屋脊，瓦的间隙
发着荡漾的光
此刻，雨就是欢乐的交响曲
就是老两口欢喜的感慨——
国家好啊，国家的扶贫干部好呀……

一场大雨，此刻，就是他们暖烘烘的心跳

明亮的感激

二

在乡村的道路，一只鸟儿飞来飞去
仿佛在引路

畜牧局是管猪的哇
王大哥，我们不仅管养猪管养牛管养鸡鸭
扶贫也是我们的一项工作

好好好，习主席的扶贫政策就是好，政府就是好
你们畜牧局的同志就是好
和我们叨家常
关心柴米油盐，酱醋茶
多细致呀，“百宝箱”还挂在这里……

抬眼看去，晨光照着的“百宝箱”
是扶贫干部的爱和责任
它，晾晒着我们最朴素的愿望

三

拍了拍门，没人

再拍了拍，透过门缝
看见一群狗狂吠着奔过来
妈呀，转身就跑
这城里来的刚刚参加工作的女孩
没见过这阵势

四

风景秀丽，道路通畅
提着牛奶，我们走访慰问如同在走亲戚

龙大姐住在城东小区
她在负责小区的清洁
叨家常般和她唠着生产和生活
她说吃穿都不愁

脱贫了。她每月有收入

五

感谢畜牧局送我家鸭子
今天卖了
价钱不错

一进门，刚卖鸭子回家的
吴大姐喜笑颜开

你们坐哈，我当家的还没有回来
他做的是装修活，一家四口就靠他养活……

她家有一个智障儿子
刚初中毕业的女儿
坐在破旧的沙发上玩着手机

六

报告领导：
这一家确实贫困
老单身汉
没屋住
现在住的是别人以前养鸡的窝棚
床都没一架
我出一些资金
领导们想想办法，帮他建一间屋子

领导说：好，马上把这家贫困户的资料整理好
呈报上去

七

脱贫攻坚是工作中的重中之重
现在请大家到各自帮扶对象家走访了解
是旱厕的要拍照
都要帮他们改造成水冲厕……

领导布置完工作，不一会儿，微信群里就出现
各式各样的旱厕
和马桶

但，曾奇老师为拍旱厕
翻墙头进屋的场景
没有被拍进去……

（备注：帮扶对象出门在外，打电话给他，帮扶对象叫曾奇老师借邻居家的梯子翻墙头进屋拍旱厕。）

检察长来到咱们村（组诗）

苟昌盛

一把汗水两脚泥

一把把汗水，两脚的泥巴
走进杨店，深入石马
访贫问苦一户不落
坐在老乡热炕头，喝杯罐罐茶
核桃树高接换优，特色产业壮大
订单销售一条龙，家家观念新变化

一身身风尘，满腹的规划
走进金洞，深入田坝
修桥铺路通到各家
筹集教育基金，为咱农村娃
火车站升级改造，高速公路开挖
号子吼出好日子，红色两当人人夸

心里装着大娘的病
口里念着阿爸的话
驻村干部的扶贫情
果老故里传佳话
驻村干部的扶贫梦
两当山水都牵挂

检察长来到咱们村

山有情，水有情
检察长来到咱们村
田间地头出良策
农家院落绘蓝图
贫困户中拉家常
五保户家送爱心
牵着科技致富的牛鼻子
带领乡亲朝着小康奔

天有情，地有情
检察长来到咱们村
养殖基地话增收
育苗现场找销路
泥泞小道留足印
蒙蒙雨中望背影

装着父老乡亲的致富梦
迎来幸福生活好年景

我们的检察长
一千多个日日夜夜里
来不及喘气与休息
顾不上劳累与疲惫
灵官峡的白松记下您的深情厚谊
广香河的浪花歌唱您的丰功伟绩

情系两当

一路风尘，一心为民
您走进了灵官村
您走进了石马坪
您怀着脱贫致富的真情
把责任装进了心胸
您慰问瘫痪的老大娘
您带领干警学嫁接
繁育苗木，种植药材
一村一品
啊，乡村架起连心桥
火车喊出奋进的歌
助学金圆了老百姓的梦

扑下身子，倾听民声
您走进了袁家村
您走进了栗子坪
您带着共享发展的春风
把汗水洒在三乡十一村
您手拉着手话家常
您面对着面谈脱贫
培育香菇，养殖土鸡
一人一能
啊，乡村铺开致富路
广香河唱出感恩的歌
嘉陵江澎湃着致富的情

留守老人之夜（外一首）

姜智敏

剧烈的一阵咳嗽，老人
70 岁的胸腔里
藏着一大群黑色的蝙蝠
它们扑腾着，竭力想冲出黑暗狭长的通道

窗外的夜鸟凄厉地呼叫
那些掠过黑水的翅膀
把沉重的夜色，搅得更加黏稠

等到咳嗽稍有停息
他抓起桌上的烟斗，猛吸几口
干枯龟裂的嘴唇喷出一缕缕，时浓时淡的烟雾
他已故多年的女人，藏在
烟雾里头，用忧郁的眼神望着他

午夜，几乎所有的村庄的灯火
都已熄灭，而第一书记的窗口

依然亮着的灯光，像是夜被撕开的一个伤口

打通留守老人的电话
村卫生室，药片，打针，义无反顾
他在房里剧烈地咳嗽
一群黑色的蝙蝠
第一书记的内心涌动出又一个黎明

对 话

蒋总今年公司有点不景气
是否将资助你老家，100 名贫困大学生
上学的计划先放一放，电话里
财务小刘用轻柔的语气对她的老总说
“不行，计划不能变
公司再困难，我们也要把这笔钱
送到大学生手里”，蒋总斩钉截铁地说
放下电话，从抽屉拿出一张
发黄的黑白照片，19 岁那年
还是孤儿的他考上了大学
村里男女老少节衣缩食，用省下来的钱
送他去省城大学读书，照片上拍摄的
正是村口村民们为他送行的一幕
距今刚好三十年，而立之年，立起了一个山村

幺叔坐在新房中（外一首）

雷　文

土坯瓦房的屋脊，以及房顶
大面积凹陷，檩的力
实在难以承受时间的重量
与幺叔的脊柱和腿一样
都在岁月中变了形

房的周围，杂草疯长
幺叔的风湿关节炎也在疯长
变形的瓦房逐渐长成一种贫穷的符号
像乡村土地上一颗小小的肿瘤

一部挖掘机，精准地挖去了病灶的根
一条路，输入了新鲜的血液

幺叔坐在扶贫修建的新房中
仿佛坐在时间的船上
水，一下子减缓了流淌的速度

他的笑，把几十年堆积的愁云
变成河面上荡漾的水波

第一书记

内心，多出一片土地
也多出山野的寂寞。他突然明白一块顽石
为何都萌生了移位的念头

切断退路，如战士对待失败
内心准备的春风，足够唤醒
沉睡多年的枝条

就这样，火苗一样行走
盘踞于乡村多年的黑，逐渐被明媚代替
连小路上的草木，都是他
穿梭往来的佐证

何为大？何为亲
落入低处时，他伸过来的那一双帮扶的手
名叫第一书记

重回故乡（组诗）

李跃平

抒写一朵花的初恋

对根的描述，从一朵花的呢喃开始
根深叶茂的爱情和温暖的故事
在我的体内，幸福地存活下来

选择好一个角度，抒写一朵花的
初恋，被一度忽略的根
就这样带着爱恋，进入隐喻

沿着这种特定的姿势，洞穿岁月的忧伤
根的情意竟是这般通俗易懂
最美的姿态和最真实的部分
拒绝别有用心的比喻

把诗意的词语叠加在一起

让生命的火焰，点燃一种昂扬的
姿势，一片爱的底色
成就一场爱情脱俗的美丽

绿叶对根的情意

粗言寡语，一身负重
不屈的傲骨，以一片绿叶的形式
固守着自己的本分

不需要更多的修辞，有限的语言
潮湿的心绪，化着骨头里的闪电
贫血的枝头从此生动起来
绿叶的梦想，童话般盛开

一种新生命的秩序，对根的爱恋
有了刻骨铭心的理由
把温暖和灿烂纳于内心
根的伟大，伟大到没有伟大

微风过后，悄悄把生命拉开
装饰抒情的风景，绿叶对根的
情意，本身就是绝妙的佳句

一个人的乡土

穿过一道道竹篱，暮色中
回到村头那间倾斜的土屋
晚归的羊群，心存美好
与人为善，涂满落日的余晖

屋顶上的炊烟正渐渐升起
我闻到五谷丰登的清香
纤尘不染的场景，让我重温
柴米油盐，人间烟火

蜜　蜂

将野花插在蜜蜂的头上
枯萎的芬芳，验证那段隐情
相思的蜜蜂又瘦了许多

刺破天空，一只蜜蜂的飞翔
穿过一朵野花的誓言
用自己原始而亲切的方式
热爱劳动，热爱迎风而长的春天

披星戴月的身体，注定自己
一生飞翔在人们仰望的高度
把野花打造成王冠，祭献给
宿命和所有活着的时间

迁　居（外一首）

刘檀风

镜头一再拉长。村庄是一片竹林
不停地拔节
乡亲们向北边平移了起居
往南，老房子越发返古
倘若忆苦思甜，需要乘木船渡过一条河流
早起一点
能够看见同行之人
他们上岸后，一一打开各自的店铺
游客们分期付款
看见老篾匠、剃头挑子和供销代理点
倘若晚睡一点
也许能够看见星星
看到它们一再点缀驻村人的扶贫日记本

授人以渔

过程是词不达意。然后
你一个人披星戴月锄一块荒草地
自下而上地垒起石阶，抵达只有一个人的
国度，只做自己的发现者
我和我的村庄多么幸运
来不及了，言辞和三番五次的
感喟是一千条鱼
是用一千锄窝眼种植下的一千条鱼
我和我的村庄不能等待这般收获
再次
意欲言表。认识是一把锄头
我被脱贫后的乡亲们挽留
在这方土地上种庄稼，也种星星之火

那些深嵌在村庄的文字（组诗）

石　伟

在傣家人的眼里，那是凤凰引来的客人

那些从哀牢山上走出的寨子
顺着凤凰树的鲜艳落地生根
在傣家人的眼里，那是
凤凰引来的客人，伴着湿热的风
嘎洒江边生长出一个庞大的村落

在关圣庙的千户村
五百多户村民随政策走出大山
从此，他们将与富饶的水为伴
让那些世代和山相守的图腾
在水的娇柔中翩翩起舞

这是一个与地灾和扶贫有关的村落
也是一次与民族融合相关的迁徙

哀牢山和嘎洒江的山水相映
让神秘的特色民族文化繁衍生息
在时代的关注和温暖中
一些落后的印迹随江水消失
关圣庙站立的一栋栋特色民居
将繁衍关于文明的小镇情歌

神秘的花腰傣有了更多的兄弟姐妹
花街的妩媚增加了多彩的服饰
在红河的源头，嘎洒江水
依旧柔美流淌，如小仆少婀娜的身段
注定让雄浑的哀牢山不再寂寞

雨中行进的村道

在这个夏天
我在雨中走进村庄
没有像去年一样换上雨靴
因为不用担心皮鞋陷入泥泞
这条村道已铮亮得如同县城的马路

在村口的树下，多数老人都聚在
这里，他们用少牙的嘴讲着村里的事
就连八十多岁很少出门的王大爷

也会每天拄着拐杖沿村道来到树下

在房前屋后，不再有散乱堆放的杂物
李大妈每天拿着扫把打扫卫生
她说不知为啥现在的垃圾越来越少
只知道自从村道修好后就没有人乱扔

在村道的两旁，三角梅和滇朴一起生长
村里人说这是城里公园的风景
沿着弯弯曲曲的村道一路拓宽延伸
有房屋的地方就有村道建设留下的花园

迎亲的车流，一辆辆小车
在村道排列，新人在亲人的簇拥下走在村道
干净整洁的路面不会溅起昨日的泥土
热闹的鞭炮在村子里肆意燃起幸福欢笑

在一条村道上，文明的种子撒满了村庄
结出的硕果淹没了落后的思想
淳朴的乡风在建设中孕育着生态
宁静的村庄在美丽中守候着家园的未来

村口湿地，葱绿的水草上没有露珠

在村口的池塘面对一片清水

村庄的污秽消失得无影无踪
一条鱼搅动了水的声响
葱绿的水草上没有露珠

从村里道路建成，那些污水就没有流向村庄
蜿蜒进入管道后
被一处罐子收集汇入湿地
从此，村庄上空没有了刺鼻的味道
村庄的空气泛着炊烟的醇香

湿地旁更多的是妇女和孩子
把清澈的水泼洒得很长很长
即使是一棵树的倒影
也在水面悠长出乡愁的模样

夜晚的湿地有月亮光临
一种宁静让村庄醉到天亮

荣光在此，我其余的简历只是星星绿叶（外一首）

马道子

渠县中滩镇寨坪村，是省级贫困村，是我们农林局定点精准扶贫村，我所在的定点扶贫户在3社。经过我们近三年的努力，目前该村面貌发生巨大改变，人们正阔步迈向小康。

人的一生有多少事值得回忆？
想起寨坪村，我的呼吸加速
一身荣光在此，我其余的简历只是星星绿叶
乡村的路上，那么多的人集结，力量浩荡
禾苗健壮生长，乡亲们都伸直了腰身

一生不能忘记的寨坪，良田装满了煦暖阳光
干净的小公路安放了腾飞翅膀，土地向阳
我的乡亲，目光清澈，日子爽朗
辽阔的大地，我们每天都在无声打斗
倒逼的每个日子，没有惊天动地，只有血液沸腾
丝丝的苦和甜涌上心头——我们不枉此生

我只是浩瀚春雨中的一滴
寨坪村，你可以选择遗忘
寨坪村，我不能遗忘
一种缘降临，光芒我的前世今生
寨坪，不再贫
我满怀虔诚：幸福一生！

脱贫攻坚礼赞

渠县春光村是省级贫困村，渠县财政局定点扶贫联系村，经过近三年的精准扶贫，已经取得显著成效。

那个春天，我们整装集结
聆听一个世界的最强音：向贫困宣战！
我们团结一心，众志成城
乘坐巨大轰鸣的中国脱贫攻坚号
驶向没有硝烟的春光村

这是一次没有鲜花美酒的出征
这是一场必须打赢的人民战争
我们掬一把阳光，从春天出发
步伐一致，向贫困的春光村铿锵前行
我们庄严宣誓：春光不脱贫，坚决不收兵！

春光村的107户，358名贫困乡亲
是我们时时刻刻牵心挂肠的亲人
群众的事情就是我们的事情
我们马不停蹄地把北京最温暖的声音传递
决胜全面小康，共建美好家园是我们的责任！

没有锣鼓喧天壮行，没有方队呐喊祝福
我们毫不犹豫冲向脱贫攻坚的主战场
将党和政府的各项政策精准落实
到村、到户、到人
一股战无不胜的中国力量气势吞云！

千余人次的爱心，像春风吹拂春光村
我们真扶贫，扶真贫
与乡亲同吃同住同劳动，帮扶结对感情深
无论田间地头，还是农民夜校
哪里都能看见我们匆忙的身影

苦，也不苦，想想红军二万五
累，也不累，想想群众还在为生活担心
我们精神抖擞，意志如钢
用满腔热爱书写春光村新的诗文
就是让这里的贫困亲人，早日脱贫！

党政同心，干群同向

我们始终带着多办事、办实事的真情
坚决不让每个贫困乡亲掉泪
坚决不让每个无房户没有房子住
坚决不让脱贫攻坚落下一户一人
这就是我们的光荣使命！

把扶贫当成绣花，绣出群众锦绣生活
这是我们用责任熔炼的一份赤诚
把贫困群众当成亲人，荡漾爱意人生
这是我们用使命锤炼的一份真诚
美丽的人间春光村啊，我们相爱一生！

浩荡春风化甘霖，春光村里党旗红
我看见，亲人们电教不出门
我看见，亲人们小病不出村
我看见，亲人们在新居笑意盈盈
有福的亲人啊，我们歌舞升平！

朝受命，夕饮冰，夜不寐
我们发扬不达目的、誓不罢休的精神
建设幸福美丽的春光新村
看，六十亩鱼塘里的鱼儿欢乐飞奔
就是我们苦尽甘来的愉快歌声！

辽阔的春光大地，装满我们一身的荣光

倒逼的每个日子，没有惊天动地
我们只有热血沸腾，责任和担当
青脆李、核桃、蜜柚健壮生长，春光村展翅翱翔
乡亲们的日子像蜜一样甜，值得我们一生回味！

深情拥抱的春光村，我们一辈子不能遗忘
那里的每一寸土地，都长满了亲人们的璀璨梦想
无论是站起，或者坐下
我们都奋战在小康路上，没有后悔
与民同心是我们最大的收获和骄傲！

让大地长满喜悦

唐　宏

我要到腰林村任第一书记了。从机关到乡村
这条路很近。出生在农村的我
回到我留下脐带的地方
是的，回到农村
那儿是个广阔的天地
我捏惯钢笔，触摸键盘的手
又开始捏镰刀、锄头
开始看天气，关心农事
我要把自己晒得黝黑黝黑
撕下白面书生的假面具
还原农村给我的本来面目
一如我的脐带接上了地脉
皇天后土开始哺我

腰林村，这儿的土地是多么丰硕啊
土地隐藏着一个个神圣的秘密
我要让这一块块庄稼的秘密显露出来

包括一只鸟从这块地上飞过时
捡起了一粒在炎热的夏季遗落的籽粒
一只蟋蟀从一块土疙瘩下钻出来
风触动了一下它尖长、锐利的胡须
于是，它跃了一下，又隐入了另一块土疙瘩下面
闭口不提，继续保守秘密
可是我要让这些生长喜悦，生长秘密的土地
像对土地上劳作的父母一样
向我呈出这些秘密

土地是大腹便便的女人，富态荣贵
生养粮食啊草啊树啊，还有人
土地的生养热热闹闹——
春季的田野青春丰茂
植物在土壤湿润的节气里拔节生命
还有风，温温柔柔软软
弯弯曲曲着贴到劳作的我的脸上，脖子上
贴到我偶尔唱歌时张开嘴露出的舌头上

面朝土地，在春天我谦恭地播种，汗流浃背
初夏时，把一片片麦子挂在腰林的天空
把一片片绿油油的玉米，让土地举过我的头顶
向日葵黄灿灿的，腆着个大笑脸
没心没肺的孕妇，一副清风明月相貌
要胡麻花开，一坡坡紫花齐头而绽

如一匹蓝布，江南碎花蓝布的那种
让腰林的大地如青春盎然的少女，饱满、充盈
让丰腴亮闪我的眼睛
我要让土地的秘密淋漓呈现

这是我的王国，我和村民们一起
祈祷雷电冰雹退去，风调雨顺
祈祷腰林的麦子颗粒归仓
让果蔬平安到筐
就如白天到来，太阳升起
就如夜晚到来，留下静静的时间一样
就如一只牛羊，一只鸡，一只狗
简单得像个王一样
是的，我要让腰林的大地长满喜悦

与扶贫队员书（外一首）

陈平军

兄弟，咱们要并肩作战
把责任举过头顶，将百姓装在心中，把名利踩在脚下
找出扶贫的平衡点，把脱贫像石头一样稳定放置土地的中央
把阳光雨露焦聚百姓的心田
找到医治贫困的方式，寻找深入内因的路径
抵达最初的心
把心态放平和，别“打错靶”“跑了题”“打擦边球”
因户施策，去“雪中送炭”
不看乡村的脸色，不为人情世故锦上添花
别躺在表格、数字里睡觉
用脚步去丈量人心的长度，用真心唤醒麻木
让和煦的春风吹进村民干枯的心田
让政策、项目如山间泉水流进每一寸需要滋润的土地
还要教育淳朴的老乡脱离唐僧肉的诱惑
别让扶贫成村民嗟来之食，都想分一杯羹
别让向上伸手成固定动作
别让怨天尤人成常挂在乡民脸上固定的表情

除了这些，还需要完成对洋芋、玉米的亲切接触和深情拥抱
为落后与贫困开刀解剖，查找“软骨散”“红眼病”“依赖症”的真正病因
为病变的部位动手术，让生病的机体康复起来
当然，要完成这台复杂多变的手术
需要和煦的灯光、齐全的设备、合格的平台
还要有精湛的技术，心无旁骛的专一
如果，缺人手，我，也来

下雨天，与贫困户谈心

老乡，我想在这个农忙的空隙
和你说几句知心话，暂且忘记生活的艰辛
忘记汗水的成色，还有收获的缺失
无可避免的困局，是一切意外的结合体
但是，这不是全部
不能把一切都怪罪于生活的不公
不能把一切不如意都当成是生活对于你的报复
面对困境的侵袭你不能退缩，不能让客观把你打败
只有完成意志的坚强站立，扼腕不叹息
跺脚不停息，才能完成与贫困决裂的
华丽转身
生活本身就是一个弹簧
不能让一切苦厄把你压迫，你要强势反弹

才有可能摆脱他对你的压制
不要羡慕别人的车水马龙，灯红酒绿
不要哀叹自己的缺衣少食，广种薄收
不要止步不前，动起来
别“等”，别“靠”，别“要”，不要等待阳光照进来
要走出家门，去拥抱阳光
把希望种进泥土，用汗水浇灌，用心思施肥
秋后一定会有硕果盈枝。所以
不要踌躇，要做自己的救世主
只要扎根泥土，挺直了腰杆，你将无坚不摧
何况贫困乎

三字经或短歌行（组诗）

——献给脱下贫困帽子的那些土地

瓦　片

村干部

新桥，没有桥吧

一条水泥路爬坡上坎，累不累
木头房背一身石板，累不累
贫瘠的山坡地背着基本口粮，累不累
一户户山民背着一年四季，累不累
你背着四百多人的日子希望和梦
累不累哦，老杜书记
那么多汗水泪水背着你
累不累哦，老杜书记

新桥，有一座桥

二师兄

没有二郎神，这里是二郎庙镇
看不见高家庄
八百多二师兄齐聚金石村
不挑食倒也乖巧
风华正茂却虚度光阴
应该给每位发一把钉耙
西行的二师兄们浩浩荡荡
看那泼猴是否张狂
看那取经的唐朝和尚
是否为每天化缘，而头疼

云朵上

飘在白云上，挂在峭壁间
郭牛村的千年行走
过日子吧，清贫了些

谁给这个村庄穿上了新衣服
脸上的阳光，从心里长出来
山泉山风的吟唱，轻盈欢快

旗子飞扬，一双手很温暖
食人间烟火的郭牛新村
当神仙吧，逍遥了点儿

香脆李

大山深处的水果
字句饱满，章节丰腴
一个村庄的满腹经纶
说梦在理，说月亮也行
一到中秋时节，阳光在脸上行走
笑声在枝头摇晃

当年大禹在外治水
香脆李，可是他心中那枚
明亮的乡愁

为罗江的攻坚扶贫写一首诗

苏美晴

不辜负山美水美的罗江呀，在乡愁的泥土上
栽种幸福。它们是花生，青椒，蚕豆
它们用绿色的枝蔓，一点点滋养炊烟里的感动

我看见有这样一群人，在古意清辉的故里走出来
聚散荣光的旨意，是把美指向美，把幸福散落民居
他们走村落，脚踝里落定新农村的歌吟
他们是涓涓惠民政策的领头人
青山秀美，人心大善

是蟠龙镇的两不愁、三保障、三有、四个好
是新盛镇的金猪归，鼎沸着喜悦，开出嫣红的花蕾
入脑入心，集思广路，结对认亲
仿佛造血式的扶贫，月光领读安枕的鼻息
仿佛精准扶贫，三项机制，全民律动
为故乡的美，填色涂彩

攻坚扶贫的罗江，正如大河秀美的姿势
为家国安康，构建幸福的蓝图
用罗江的水，润色故里的锦绣
仿佛罗江汤汤阵势，正弥合快速发展的经济洪流
招募人心的安定。齐心协力，共唱辉煌

攻坚扶贫，贵在人心，贵在持续
用美好憧憬着未来，让故里的山河也诵咏出大美的词句
用科学，用政策，用党性，领导乡亲
把罗江擦拭出幸福的祥瑞

我为罗江的攻坚扶贫写一首诗
就是把美好的期许写进去。水美的乡情
刻画生活的细节。让历史文化的名城
珍爱枕梦的呼吸

扶贫记（组诗）

南书堂

初到油坊村

原以为油坊村还有油坊，还有油可榨
去了才知，那已是多年前的事
核桃树林掩埋着整个村子
我以为青山厚土总会对人不薄
否则，谁还相信天地良心
但村民脸上并未挂上硕果般的喜悦
反而状若遍地枯叶的疑惑
当初，他们高价买来的树苗
如同从人贩子那里接回的女人
都不愿怀胎生子
女人早就跑了，而核桃树觉得
这里挺好，它们愈加高大、茂密
枝头上结满了鸟的叹息

嫁接记

去年春，我在帮扶村定下一事：
一千亩不结果子的核桃树
统统做个大手术
可嫁接专业队刚进村，就退了出来

今年，我只让人截了村长家的
却又遭到围攻，质问我
为何偏心？
我抚摸着摇头晃脑的新枝
心里藏起一把比春风更有把握的剪刀

最大的愿望

她说，开花的板栗树是幸福的
她说，在板栗林觅食的一群锦鸡是幸福的
她没说自己

她说能相互看见身影的牛郎织女是幸福的
她说她伺候多年而今睡在土里的婆婆是幸福的
她没说自己

在油坊村，自从见到这个贫困户的女主人
我最大的愿望，就是她亲口说一句
她是幸福的

搬家记

入住新屋时，村民卓红娃喜极而泣
和我久久抱在一起

想当初，我可是煞费心机
帮他挖了三天红薯
他才勉强答应改种药材的
那时候，他信任红薯远远胜过
我这个帮扶干部

被逼成药材种植大户的卓红娃一家
迅速致富，也先于别人建了新屋
而先于他入住的一对燕子
仿佛神额外的赏赐

他已不再固执，骨子里
除了依然信任红薯
现在，又多了我和燕子

替乡亲们说出心中的感激（外一首）

何武豪

山村的夜色不用赊借
满天星斗，旷野安详
乡亲们都睡了，鼾声十里
只有卫生站的一盏灯还亮着

他不打算回城里去了
就像田地里的庄稼一样
落地生根。他想
做乡亲们健康的保护神

他知道，乡亲们的腰杆很硬
但心肠很软
他要为这些软心肠的人们
把无情的疾病挡在外面

此刻，只有星星知道他的想法
对他眨了眨眼睛

好像要替乡亲们说出
心中的感激

庄稼有水喝了

蹲在河边的抽水站
扬起手臂。白花花的河水
流进了农田

乡亲们知道，庄稼不渴了
乡亲们更知道
建这座抽水站时
蹲点扶贫的同志
汗都流干了，但他们
连一瓶矿泉水也没喝过

大王村人的幸福生活

胡庆军

大王村的人如今很幸福，乡亲们说
是精准扶贫温暖了他们的日子
乡村的四季，在乡亲们的眼睛里
而如今幸福的生活就洋溢在村子的每一个角落

谁，踩着夜幕与晨曦以柔美的身躯与贫困较量
在日子和日子的那些连接处，成为幸福的传递者
谁迎着瑟瑟的风，让歌声飘过田野飘过城市
谁迎着瑟瑟的风，让梦飞过大王庄人的生活
那些热情劳作的剪影，定格成了日子里一道道风景
我听见从四面吹拂来诗句凝固在他们的血液里骨头里

大王庄村曾经是远近闻名的贫困村，年轻人都去了外地
村里只留下老年人固守在生活的缝隙。直到有一天
村里来了第一书记，带领乡亲们共同打通“致富路”
让村里的人都知道了一个伟大但人人可为的行动
精准扶贫，于是这里便发生了许多现在说来依旧让大王庄人感动的故事

进村伊始，第一书记吃住都在村子里
用亲情和汗水制定扶贫规划，把村民愿望印在村子的天空
让农民致富，这是个技术活，也是第一书记的压力
那些汗水覆盖了土地，那些智慧绚烂了岁月
终于，村容村貌变了，致富项目落实了，村民心气顺了

生活里，抖落一身汗水和艰辛，散给一地幸福和温暖
把梦编织在广袤田野中，点缀在村子的各个角落
辉映了金子般的心灵和博大的胸怀，用智慧和勤劳嫁接太阳
那些划过季节的痕迹交错在日子之间
那一个又一个梦想，丰历史之翼

村里的大棚当年建成当年投产，那些朴实的庄稼汉子
实实在在地收到了土地的回馈，建市场、修公路、打机井
那些变化让大王庄村的村民喜上眉梢。幸福荡漾在乡亲们黑红的脸上

谁渲染了色彩，把所有的清醇浸染来处
故事从老一辈的双手一点一点延续。阳光透过本性
吆喝一声，乡亲们就成群结队而来
在空闲的时候坐下来拉拉家常，然后表达一种与生俱来的情怀

在光阴的尽头，岁月堆积起人生
摇醒了大街小巷，一驻足就耸立起一尊永远的塑像
然后像一朵云，被点点光高高托举
悠悠走成千百个春秋，来来往往碰撞成永远

在坚守的旅途上，诠释岁月长河里灯火交相辉映的故事
就把对脱贫致富的印象这样一点一点印记在大脑硬盘里
就让那些零星的、不完整的痕迹聚集成一种记忆
此刻，就让一次次徘徊走回一页页历史
就让一遍遍寻觅被岁月覆盖，在长长的岁月里叩问

让我们用探寻的目光阅读，生涩的距离无法抵达历史深处
更多时候我们或许不会明白，注视前会将那些文字珍藏进梦里
在急急匆匆的脚步里，走向精彩
岁月可以复制，以水流的速度穿过时光
在那些日子里，我在寻觅之外选择沉默
飞扬了梦想，延伸的电线描绘了生活的轨迹
让梦在岁月里沉淀，与乡亲们融为一种誓言
如今，更多曾经外出打拼的年轻人回来了
融为大王庄变迁曲里一种磅礴一种喧腾，然后传承生活的安宁和绚丽

将贫穷铲除（组诗）

王兴伟

叮　嘱

凤凰山上老红军拉着小红军的手，悄悄叮嘱
革命胜利，一定要让遵义，焕发勃勃生机

草王坝上，老干部拉着小干部的手，轻轻叮嘱
齐步小康，一定要回头，帮一帮贫困群众

乌江河畔，父亲拉着儿子的手，谆谆叮嘱
摆脱贫困，一要不等不靠，父子齐心
“起”——

铺一块远离贫穷的垫脚石

他们排在门口，你一言，我一语

像叽叽喳喳的麻雀，在天空寻找靓丽的方向

一张，又一张表格
叠成厚厚的一本，每一页
都有一个独特的名字；每一页
都有伸开的翅膀，在试图击穿
被命运束缚的天空

辽阔只剩下白云
据说，三年四年
他们都会成为凤凰
如果你仔细一点，会发现
短暂的忧伤后；他们又用
咯咯的笑声，拍打着
刚刚翻滚的波浪

莫愁前路无出口
我们只是为他们
悄悄铺上一块，远离贫穷的垫脚石

贷款的大学生

老师，她一声清脆的叫
将我从一张表上挪移下来

发黄的相片，明显与真人
有了岁月的差距

出于职责，我一会儿看看她
一会儿看看表；直到她的脸红了
我才意识到这个漂亮的小女孩
青春与长发一样黝黑；家庭与白纸
一样薄。652 分，浙大
我禁不住默叹起来
也想起自己的女儿
去年 622 分。我心中
竖起的大拇指，顿时涌出
50 岁的悲悯
姑娘，有困难再来
她嗯了一声，连说谢谢

我抬头看窗外
一片白云走了，有几丝乌云
在淡淡散去

我想起凿壁偷光，想起花木兰
在一匹马上，长鞭一挥……

我知道，未来，无限可能

路（外二首）

南　也

我写路，只写莲花寺村的路
莲花寺村的路，是通往我家的老屋

坡坡坎坎，有着一条修长的乌梢蛇
一样的曲折
隐秘在童年的时光中
童年有多曲折
莲花寺村的路就有多曲折

长大了，莲花寺村的路也长大了
邻居刚哥说，在脱贫攻坚的会战中
一部挖掘机，精准地切除了莲花寺村路的病根
就像机器人精准地治好了
我老父亲的腰椎病一样

莲花寺村的路，不再曲折
莲花寺村全部，也不再曲折
小洋楼革了土坯瓦房的命

我的老父亲，也穿上了城里人一样的新衣
我回家的小车，也开进了
老屋的院坝

我仿佛坐在时间的船上
仔细端详，老父亲的笑容
就像三岔河面上漾起的
小波浪

贫困户金二爷

金二爷，写你之前
需要放下架子，与你并排而坐

你的眼睛明亮，就像你的
房子一样敞亮，简单，整洁
你的一颦一笑，看不出
你有一个长期瘫痪在床的儿子

经常一嗓子
满山坡的牛羊，也跟着
一嗓子
你的儿子也跟着
一嗓子

说你没有心事，其实儿子
就是你的心事，还是
驻村第一书记最懂你
帮你盖起了小洋楼，还把你的
儿子，送到了县残疾人康复中心

你顽皮地笑了——
百年之后
再也没有什么后顾之忧了

在云顶，就不去想别的了

——云顶村印象

罗村茶，光雾茶，眉山茶……
好清香啊
到了云顶，就不去想别的了

云顶茶，浪漫之处，就是生在云朵里
茶随云舞，人跟茶香

日子久了，茶有禅
人有神了
我决定，停下来
不再走了

驻村手记（组诗）

尚远刚

群联的群

杨梅，合并了群联、五星
木城三个小村。其实，它更应
保留群联的原名

群联多好！好处全在
群联的群——
岛聚在一起，叫群岛
山聚在一起，叫群山
人聚在一起，叫群众
群众联合在一起，将
攻无不克，战无不胜

在群联驻村，就为做点

力所能及的事。别的
或许可以不信
但我仍然相信：群联的群

五点以后

他们都走了，下班
回家

村委会的两层小楼
盛满布谷鸟的歌声
蚊蚋的低八度和弦伴奏

有人在远处敲打木板
咣当咣当，风不甘寂寞
拍打着专职纪检员未曾换锁的
套装门

饮水机咕哝了一句什么
便不言不语
太空杯降温，像牙痛病人
嘶嘶吸着冷气
此外，便是铺天盖地的静默

晨　曲

水城春，一家茶叶公司
他们广告词："舌尖上的春天
云雾中的水城。"在山顶
高音喇叭送出重低音
《爱上一个不回家的人》，给
谷雨之后，满坡的茶叶们听

小鸟继续弹拨嗓子眼里的丝弦
唯有蝉咬牙切齿。我也想歌唱
这蓝天绿树红土
却不愿落入俗套

偶一抬头，西山上风车旋转
2017 年青年节的前一日，风
正从归集黄河边出发
往杨梅大坡吹来

棍子老张（三首）

立　雪

示威的鱼

这些示威的鱼，已经在登月湖面
示威三天了
它们完全不怕，老张的棍子

皱起的眉头，也一连三天围着岸边
以静制动
是棍子老张，采取的对策

面对强大对手，示威的鱼终于在第四天
集体败回水底
刚脱贫的张老汉一家，集体露出了
洁白的牙齿

棍子老张

棍子老张是农技站的，去年开始
正式是站长了

他是从南京农大出来的，头上的白
证明了他
已在帮贫的岗位上，干了很多年

他一开始不叫棍子，因为一次上山
帮助一头牛下崽
被落下的乱石，硬是在他的姓氏前
加上了棍子

玉米地打来了电话

玉米地从马集镇金营村打来了电话
电话很急
似乎像突然生病似的

棍子老张的棍子，顾不得天空还飘着雨
高高举起
强迫一辆电动车，使劲跑起来

大规模偷袭的虫子，看到老张的棍子
一起吓跑了
连声感谢，来自于贫困户李大爷

村官小何（二首）

朱旭东

韩山村的雨

韩山村像一件精致的瓷器
被月光擦拭了数日之后
今夜，它盛满了大风和雷鸣
盛满了村官小何的夜不能寐

收拾好被大风吹乱的脚步声
他坐在凳子上细数窗外檐雨滴答
一滴一滴，像掷地有声的诘问
灯光明亮，却无法驱散今夜的黯然

有些难题枯藤一般缠绕
该如何让这件瓷器光彩夺目
他要为它插上红玫瑰和百合花

芬芳一片土地，幸福一方人

此刻，韩山村带着期盼的眼神看他
这件瓷器是他最明亮的心事
在一场夜雨中抽抽泣泣
屋檐的雨滴，省略一夜鼾声

可他知道，落在脱贫之路上的难题
如夜雨般终将放晴，夜半或黎明
大雨初霁后的韩山村有清新的泥土味
有卷土重来攻坚脱贫的新气象

分身术

关于艰辛，同事们只说任重而道远
车载斗量的方法，未必适合
每一户人家，打开隐藏的山洞
放开豢养在身体牢笼里
自私的小兽，他曾短暂租借
别人的躯壳，盲从、跟风
掩耳盗铃，一次次选择
与别人的影子为伍，又一次次
对自己的影子抽刀断水
在白昼的背面，光线昏黑

驯服体内的野兽、惊涛骇浪
饮尽冷热不均的大风吹袭
怀揣责任与信仰，练习分身术
打捞一村人的脱贫致富之道

鱼 塘

丁信友

三爷年近花甲
脸上的皱纹
深深的，密密的
那是一道道贫穷的符号
岁月蹉跎
虽然赶上好年头
三爷的愁容并未消退
尴尬、郁闷还写在他的脸上
门前那口水田
从承包那天起
三爷灌水种稻
虽然像呵护小孩一样
冷泥冷土
种出的总是叹息与失望

贫穷，像影子一样跟随着三爷
终于在一个柳暗花明的季节

三爷从精准扶贫的路上走出了困惑
一个明媚的春天
镇里派来了一位学水产的村支书
三爷的水稻田变成了鱼塘
也变成了这位年轻人的杰作
投下小鱼虾苗
收获了肥鱼龙虾
投下鹅鸭
箩筐里装满了鹅蛋鸭蛋
也装满了三爷少有的笑颜

水塘还在那里
像一面镜子
但是，水田变了
变得水下挤满了鱼虾
变得水上浮满了鹅鸭
变化的还有
三爷的楼房、三爷的脸膛
和一代贫民心中的希望

大哥　大嫂

封义珑

又一次去走访扶贫户
选择不影响大哥劳作的时间
大哥说过田间地头才可以脱贫
脱贫不在表格里
所以很多时间都在侍弄鱼塘稻田
正午两点的阳光正浓
我步行几十分钟到大哥门口
等候大哥午休醒来
我要告诉大哥
小孩的残疾证申请表已带来了
就医的医院也联系好了
大哥醒了
很疲惫
看到我站在烈阳下的大门口
连声说来了怎么不进屋
其实门口的那条黑狗
早发出客人来了的撒娇声

只是大哥一家太劳累了

填好申请表
我说大哥还有几个表要填
大哥说：你们真辛苦
我会按手印
我说：大哥按了手印
一切都是真实
大哥说：
你帮我小孩就医是最真实的
扯了一阵家常
我起身去下一户扶贫对象
大嫂非要送些鸡蛋给我
说我忙里忙外很辛苦
我赶紧塞上钱
大嫂大声叫道：
你不认我们这门穷亲戚
我只好收下这份情意
此刻，她的心很踏实

扶贫，我们荡漾的春风（二首）

李大军

我们荡漾的春风

轻轻的，柔柔的
深入浅出的，诗一样的
火一样的
花一样的

带着露珠，带着涓流
带着梦的期盼

浩浩荡荡的，不留死角的
一路翻山越岭
一路走街串巷
一路寒舍村居

让那些泪湿的衣裳，笑逐颜开
让那些紧蹙的眉头，幸福有致
……

哦，我们的惠民，我们的扶危济难
我们的义无反顾
我们的歌以咏志

格·巴特尔

格·巴特尔已绝非一个简单的名字
而是科尔沁草原的一种象征或内涵

他帮扶的三十几家特困户
两年来，都已走出贫穷
有的还步入小康

其实，他在工作中
还是有许多创意的
好比说把一些青壮年送到职业学校
进行了专业技术培训
妇女们干脆组织起来
到城里开起了少数民族餐饮业

他还时常牺牲周六日
进行排查；并组织大学生
为孤寡老人和上学的孩子们做义工
所以，每逢格·巴特尔走进嘎查
牧人们都说他是启明星

然而，是不是启明星不重要
他的心愿是：如何尽快走上富裕路

注：嘎查是内蒙古自治区草原上的行政村。

三岔村

苏　昉

树有九丫，路有三岔
村干部的心中都有一把尺子
丈量着脱贫的距离
缩短贫困背负的落差
路在冲畈与山冈的村口蜿蜒
早晨的乡村，炊烟缭绕
田沟里溪流潺孱
乌桕树上的喜鹊叽叽喳喳
驻村扶贫工作队的同志
迎着晨辉，踩着雨后的泥巴
在一阵鸡鸣犬吠声中，叩开一扇扇的门扉
走进了土墙灰瓦搭建的农家

三岔，一个在城镇的边缘
安于平静的村落
有天时地利，也有人和
大部分农户过上了富足的生活

但还有勤劳淳朴的乡亲
没能赶上开放发展的步伐
至今没摘掉落后的帽子
或者因病，或者伤残，丧失了劳动能力
也有家庭，因人口众多
虽儿孙满堂，孩子就辍学在家
贫穷成了每个扶贫工作者
心中困扰的牵挂

为了让生活困难家庭早日脱贫
一把量天丈地的尺子
在村干部心中，开始向贫困户倾斜
也许送一头猪，或三五只羊
能解决燃眉之急
授人以鱼，不如授人以渔
只有把党的优惠政策，产业项目
送到每一户贫困的农家
才能点燃他们心中渴望的火花
扶贫政策如春风化雨
让看不起病的老人，享受到免费医疗
课堂上又听到了辍学孩子读书声
科技和产业扶贫项目，落实到每一户农家
美丽的乡村，充满了
一片生机勃勃，兴旺繁荣的景象

村部的灯光亮，每天到深夜
扶贫的尺子，卡着精准的时间
为把抛荒的土地流转成财富
让父老乡亲们过上好日子
每一个扶贫的项目，都是脱贫的红利
农业生态园，羊肥牛壮
虾跳鱼跃，瓜果飘香
产业园里机声隆隆，灯火辉煌
每一个贫困的家庭，都能找到脱贫的出路
老百姓的口袋鼓起来了
村干部脸上有了开心喜悦的欢笑

罗店村手记（组诗）

康湘民

在村委阅览室

罗店是个小村委，五个自然村，一千多口人
无矿，无煤，无工业项目
村支书缓慢地介绍
全村人以种地为主要收入
农闲时大部分在南方打工

到罗店的第二天，在村委开支委会
会议室既是办公室又是图书室
光线幽暗，了无生气

目光突然停留在一排书柜上——
四个大书柜，装得满满的
一问，才知是前年教育局捐赠的
书五花八门，边角全部崭新

低头看看
长长的阅览桌上却落满了灰尘

就听见一个声音在说：
读书，还是不读书？
读书，还是不读书？

我知道，对村里人来说
这似乎是一个两难命题

三　胖

三胖是他的真名。我走访他时，天正下雨
双脚搅乱了村里一堆事儿　这路很不好走

三胖今年三十八
65 岁老娘的脑梗后遗症是真的
73 岁父亲的风湿病是真的
家里养了一头猪，两只羊
六只鸡和一条土狗这是真的
而三胖，因为从小患脑瘫，走路不利索
至今没娶上媳妇这也是真的

屋里有几处漏雨，一张老式床泛着暗淡的光

登记。造册。问问今年的年景
临走我问三胖
这辈子你最大的愿望是啥？

“生一群孩子！”
他坚定地看着我

耳边又想起培训会上的一句话：
扶贫，不光是“扶人”，首先要“扶志”

马德顺

马德顺今年51岁，是我的精准扶贫对象
致贫原因：配偶长期患病，本人去年遇车祸
双目失明，医疗花费十余万元
他唯一的儿子在职业技术学院读书，想辍学打工

我帮他儿子申请了贫困助学金
并反复叮咛他，一定要完成学业
又帮他爱人申请了低保，落实了他本人的大病保险

依靠行业优势，我鼓励马德顺搞养殖
说干就干，从信用社贷款2万元，盖起了简易猪舍
联系种猪场，引进了二十多头猪崽

当年，马德顺获利两万多元

前天我去他家时，夫妻俩正在给猪配中草药
说是儿子建议，要发展“绿色养殖”

罗江扶贫采风诗稿（三首）

涂　惠

金岭村

金岭村，罗纹江畔的一根神经
在由穷变富的路上
成为一处不凡的乡村

不凡之地，必有明亮的花朵
点亮岭上的眼睛和长情的梦
看，那千亩渴望，在暮色中探出的笑脸
为前来采风的人，输送着素材和灵感

一曲优美的“岭上花开”招引着我
与满山的藤椒同生舞蹈
那泪水和欢笑凝聚成的曲子
将金岭村深藏在岁月里的故事
还原成一片片流光溢彩的春色

以铿锵的梦想，守护的姿态
潮湿了一双双期待的眼眸

金岭村，我不敢相信
就在你柔风波动的频率中
为我梳理出了我思念的淳美的情怀
这情怀，是一位“花木兰”深深的挚爱
欣然融入满岭的泥土，棵棵新绿
释放出的一幅幅青春的插图
滚烫的激情，成为岭上丰饶富庶的万象

一声声清脆的鸟鸣
穿过我的身体，回荡在层峦叠翠的山岭深处
其实，我想说的是，金岭村
你曾经隐忍的时光里，已积蓄足够的力量
此刻，我与你拥有着同一缕春风
我要把我的诗献给你
献给在这片土地上
与你一起追梦的那些人

月亮村

月亮村的路，弯啊弯
弯成一步一个美景

把男人和女人，弯成一道道风水

月亮村的蔓藤，弯过篱笆说话
蔬菜的语言，瓜果的身影
连着田野，连着山崖

月亮村，从农家院到四好村
从民俗村到梦月湖
所有的梦，在火热上蹁跹
烙下的画卷里，开满迷人的春花
泊满日月的光华

月亮村是月亮的居所
月亮村的月亮啊，好大，好圆
月亮村的人啊，用像月亮一样圆的柚子
涨鼓起勤劳甜蜜的粮仓

有多少人日日夜夜追寻
迎着太阳出发，顶着月亮返家
春风秋霜，冬雪雨夏
万亩柚子林，已成为月亮村人甜蜜的骄傲
那些走投无路的风雨
只要来到月亮村，就能在瓜果的纯洁中
找到归程

是谁在婉约的秋风里翘首瞭望
把幸福芬芳的记忆收藏
一个艳阳高照的暖日，我踩着柔泥
将一腔痴情，与甜蜜的柚子香
把月亮村吟哦成简约而靓丽的诗行
随罗纹江水，在岁月里静静流淌

金岭村，有太多金色的故事

金岭村，有太多金色的故事
如罗纹江的水，可以浓缩为细流
它的美在于沉沦
在于一阵风掀起的微澜

农历九月的山岭，阳光下明亮如河
一座座起伏绵延，如女人一样温柔而坚强的山脉呵
充满爱的情欲
希望与收获，将我隐没在一片绿色星辰中

我该怎样去说出花木兰的故事
一份内心的热切，是我所期待的欢愉
一群大伯大妈的夸赞，来自于分红路上的笑颜
朴素与勤劳的脊梁，转动着日月
一份真情，温暖百户心田

脱贫致富，一道顽固的坎
深藏了多少年的梦想
在这个秋天，满山碧绿的藤椒树
送走一树又一树的秋黄

一切都在改变
村庄宽大的幕布里
那倔强沉默的背影
正在为百姓，谋划着梦的路径
我目光所及处，福音起舞

鄢家岭的脱贫与乡愁（外一首）

李又健

从古国的犁铧　耕牛的脚印里
看到秋风的背面
硕果翻越处暑　霜降
来年种子的步幅充满幸福的因子
从鄢家岭延伸到艾家坝的尖梁子
精准而温暖

泥土裹上黄红橙的橘影
沉甸甸的爱超过百里渠的历程
一转身　就攒积一地的乡愁
用藤椒酥麻　桑葚柔情　春见的蜜汁
炒制获得感的时间

像老牛迷恋青草
叔伯们扛起锄头　像扛起自己的江山
扛起晨霭日出
深邃的眼神背后
点缀着景福村的高度和金岭村的宽广

公元 2020 年的广厦
盛满分红的产业园　振翅的鹤影
三阳的春意　美满的月色
罗桂路的绸缎
盛满公平正义　衣食无忧

陈俊遐的幸福

唯一的哭声是幸福
陈俊遐一直笑着看谢大爷幸福

她成了许多人的女儿
黑黑的肤色瘦瘦的身板的女儿

随叫随到的时候
阿妈们的红枣柿子盛满了秋天

对待一面锦旗背后的满足
就像一丛紫荆对待背后的泥土

猪圈　鸡舍　牛棚　自留地
麦香　稻香　柑橘香　月光香

阿爸　我们一起吧
明天没有白内障　没有

书记又下乡了

张明云

那天
清晨的第一缕霞光和炊烟
刚刚翻过山梁
那个一天前撤县建区
改成了区委书记称谓的人
便又来了
带着那个全世界都高度关注
全中国都凝心聚力的庄严词语
脱贫攻坚

轻车简从　走村串户
蜿蜒曲折的村道　狭窄坑洼的田埂
书记走在那些一辈子忙忙碌碌
但还是忙出了一个贫困户尴尬称呼人们
一年四季面对的泥土上
他仿佛看见自己父亲母亲　爷爷奶奶
甚至更远亲人对土地一往情深的模样
他清楚地知道

多少年来他都不敢忘记
他永远是农民的儿子与孙子
因此走在这样的土地上
他便永远能看到父辈们荷锄而归的汗水
闻到土地永恒的芬芳
他骨子里与生俱来的虔诚与敬畏
才能让他把脱贫攻坚沉甸甸的心事　责任与使命
走得沉稳而有力
绝不会有半点趔趄和踉跄

爬坡上坎
田间地头　房前屋后
他来了　还没走拢
贫困户们就一个个走出屋子
放下农活
用自己热切与期待的眼神迎接他
用老茧密布　还没来得及洗干净的手
与他紧紧-·握
在他永远精神奕奕的表情和坚毅的眼神里
又一次　踏实而放心地
安放命运的酸楚与艰辛

事无巨细　嘘寒问暖
你们生活　生产　身体　收入怎样
自然流露的关切话语

就是乡村里动听的虫鸣鸟叫
看卫生　进厨房　翻衣柜
眼中绝不容许一个空荡与缺陷的入微细致
便是摆渡民心　拉进心与心之间距离的桥
干部帮扶满意吗
还有哪些需要解决的困难与问题
一声声带着温度的询问
轻易托起被这个世界温柔以待的尊重与尊严
促膝长谈　真挚交流
脱贫攻坚不掉一户　不落一人的铮铮誓言
连摇尾的狗儿　嘎嘎的鸭儿　咯咯的鸡儿
都听得出来
都想来撒欢凑热闹
顺便帮主人吼叫两声命运转折中的幸运与幸福
以及
对未来美好生活的无限憧憬与期盼

清风徐来　阳光和煦
书记又前往查看村道建设
一定要科学规划　重视质量　加快进度
早日让贫困户走一条宽路　好路
方便他们生产　出行　发展产业
让新路断穷根　打下永续发展的坚实基础
书记话音刚落
贫困户便爆发出雷鸣般的掌声

他们感恩的欢呼
便是此刻最动情的音符　四下散落
所有人都说
这是自己最喜欢听的话

书记不肯停歇的一步一步
又走到了该吃午饭的时间
贫困户拿不出什么
招待他们心目中最大的官
便在书记走远的高大背影里
迅速端出盛满粗茶淡饭的碗
心满意足　有滋有味地吃起来
同时　他们也想赶快吃完
然后拿出农具
把书记拴在村庄与田野里的关怀　牵挂　嘱托
把自己一身使不完的劲
和庄稼作物一起
摸爬滚打地好好侍弄

我不是一个诗人
却想为一直走在脱贫攻坚路上
不知疲倦的书记，写一首诗
让路过心灵的句子　和　纷纷扬扬的感动
温暖的
排列成行

正如这场秋雨的背后

海边边

第一场秋雨。试着将一块心病湿透
像这块几经干枯的庄稼地，一夜雨落
清凉的风从左侧而起，从而竖起一个
浩大的秋天。像永安村的秋天
建立在多事之秋的屋檐下，不得不改变
风的走向，突出在生活的节点上
喊出“脱贫致富”的这句安静很久的风声
生活的某些特征几经陈述，与感慨
是时候说出已知的叶落。把贫穷落下来
把悲情落下来，无疑都是纷飞的叶落
黄了又黄的几枚叹息
任时间飞流直下，荡起一块石头的回声

沿着这场秋雨迈出第一步，于是便有了
雨中相伴的人——雨穿过面颊
穿过目光，穿过我紧握的时间
像握住的永安村，一块陈旧的招牌

如一句旧时的方言，读懂她的过去
还需在现实的意义中，坚定地跨过去
跨过这条沟壑，以及这条深浅不一的往事
就到了我们设置中的前沿阵地
落实理念，与任务。从而占领他的出入
验证口号的真伪，与现实中的落差
没有落差的，无非是秋雨来得不够猛烈

秋雨绵绵，雨水是正确的
像现实赋予的使命
让永安村富裕起来的口号
挂满了街头村尾。显然
离我的想法还有一段距离要走
现在我只能往前走，在雨水的催赶下
一步也不能退缩。秋天的末句
唯有收获。我要收获我的布局
收获一句真金，像这句词语的背后
从地上拾起每一枚落叶，验证一滴
秋雨的理念，凄凉，与悲切
寒冷之后，必然是一场浩大的冬天
一场雪，与一场秋雨有着本质的区别

以秋雨为荣。像永安村的现实
在时间中种植庄稼，这个久远的故事
结出玉米，与大豆。多出一枚便会

落满雨滴，像秋雨，只会落在秋天的
圈套中。日子只会迎合他的口味
迎合他在秋雨中行进的步伐，携着
一缕淡淡的愁思，秋雨又纷飞了起来
秋天浩大，像这场浩大的工程
以脱贫为己任，致富为终极目标
一寸一寸湿透我们的外部特征
湿透曾有的过往，在秋雨的基础上
数落每一枚秋叶

雨中即景，秋雨已成为一种必然
是危机，也是动力，是我们守住底线的
最后一次机遇，像姗姗来迟的秋雨
一经落下，便难以停息。一场秋雨的
魅力，如同飘然而落的落叶
更像一种思考，一种成熟历经磨炼
从根本上落在思想的深处，触动
我们加快步伐，在真正意义上走进去
再走进来，铺垫我们的认知，与感知
被一场秋雨紧紧包围的，不仅
是永安村，还有我纷飞的思绪

秋雨正好时。显然，这是一个丰收的
景象。我的丰收在于适时抓住了
季节赋予的全部特征——

人人为我，我为人人，又一次像雨滴
我喜欢的秋雨，不会因为我的喜好
而改变。就像事实，永安村的永安
这个美好的说词一经加工，就是那个
加工厂吧，不仅仅生产鸡蛋，农副产品
也会生产雨滴，不住地浇灌他的阐述
并与我的阐述不谋而合

即使是摁住秋雨，也无法摁住秋雨的
本来面目。对于在秋天中奔跑的人
他的长处或高或低反映出时间
这个用旧了的词汇，烙印在村庄的
情节上，风一定会迎合树木
还有那块挂了很久的招牌
夹着雨滴的声响，多么美妙的叮当声
此时，秋意正浓，高于一块招牌

返多次的背影（组诗）

王大笨

请允许，叫一声老黄

题记：播州区平正仡佬族乡团结村草王坝原支书黄大发36年修出一条渠。

请允许时光停一停；请允许
草王坝的草长得更绿；请允许
壁立千仞的擦耳岩心硬如石；请允许
一个孤儿心中的伤被竹竿与茅草
再次擦伤。请允许
已经富裕的村寨暂时返回贫穷

一个人一生只做三件事，请允许
引水、修路、通电的历程长达36年
请允许其间布满艰辛

请允许草绳与锤子的断裂与破碎，反复出现
请允许所有的失败都成为一页历史

英雄所做的事就这样平凡
从黄豆、鸡蛋和蜂糖开始
到大米、小车和洋房结束。武器是心
过程是永不退缩的双脚，水泥与石粉
以及一生不变的诺言

一个人带动了一群人，用坚定不移的双手
硬生生刨出，一条生命之渠。请允许
风吹过山冈，流水照亮人欢快的影子
请允许 7200 米与 2200 米的长度
不仅仅是一个渠，一个村的厚度
请允许，半个世纪变幻的时空
记住这一切。请允许人生的高度
可以这样设定：简略但不简单

请允许我们的内心，高高耸立一块
永恒不变的碑。决不犹豫
请允许我们这样叫：老黄
并想象，一头牛在时代的荒原上，缓缓向前

一条渠，一座碑

草王坝村的人应该记得，洪水一来，人心都凉了
天一大旱，心与庄稼一样饱受煎熬
他们还记得，贫穷像一顶甩不掉的帽子
夜晚只有星月。年轻人在凹凸不平的山路上
怨天尤人。一粒米，就是几十双铮亮的眼睛

草王坝村的人也记得。老支书
36 年的信仰，只为一条渠
手脚上磨出的鲜血，可以淌成一条小溪
每天黎明，朝阳在他的锄头上
烙下奋力的身影。不久，他的身后是一群身影

一条渠终于修成，清澈的水是一面镜子
高楼大厦，生机勃勃的庄稼，都在反复呈现

草王坝村的人都记得，一条渠
其实就是一座，高高耸立的碑
在时空中，永不变色

一袋大米，一桶油

他带来一袋大米，一桶油

吴小四破烂的墙壁，顿时洒满阳光

羊在院子里咩咩地叫
鸡鸭蹒跚地唱着歌

他嘘寒问暖，伸出的手
给吴小四黯淡的生活
栽上了一束鲜花。吴小四缺什么，他补什么

这年春天，吴小四孱弱的身躯
在一大群牲畜、一大片辣椒
与一大片稻子中，站了起来

吴小四说，没有他
就没有我今天的幸福生活

一袋大米，一桶油
一群小鸡，吴小四高兴地送给了朱老三
兄弟，有困难你说

驻村日记（二首）

杨仲原

漠滨村：村支书叫杨邦有

7 月 2 日，大雨不止
日子在雨水里越洗越黑

村支书去杨秀和家里巡查时已是深夜
直至凌晨 3 点
他还拿着手电筒察看了房屋周边的情况
是否会有山体滑坡

透过手电筒射出的光
周围的风在疯长，雨在疯下
把他脚下那双沾满泥土的鞋打磨得锃亮
以致我看久了，仿佛面对一轮太阳
燃起熊熊烈火燎原

他就叫杨邦有
前几天他为了救灾已坏了一部手机
沉了一艘渔船，掉了若干渔网
而杨秀和，多年瘫痪

枫木村：一位老党员的坚守

“停车！停车!”
70 多岁的他顶着大风大雨站在道路中间
猛挥手上的雨伞和柴刀
拦住一辆从远处驶来的汽车
随后，“吱”的一声巨响
几棵杉树裹挟着泥石从路边的山坎上倒了下来
砸向他身后四五米处

我路过这里的时候
他正拿着柴刀在清理杉树
每一次弯腰，就会水滴飞溅，木片四射
我听见了体内骨骼脆响
腰杆挺直

从司机口中得知
他曾是枫木村的支部书记
已在这段路巡查了五天

种桃：产业扶贫（外一首）

张文捷

辽阔的土地，含硒、肥沃
种上一千亩桃树
桃花，把土地的春意抬高三分
贫困户以确权的土地入股
合作社是共同搭乘的大车
工作队投入的资金稳固了底盘

这块土地曾到处生长野桃
那青涩的绒毛扎伤贫穷的记忆
一度跌入谷底的价格
也曾让冀盼富裕的心坠入冰窖

请来农学院的教授
研发出最畅销的品种
桃子长出腮红
贫血的土地，有了造血的功能
将桃从田头卖到京东、阿里

新装上的路灯也采用桃子的造型
桃园使日子更水润
路灯使村民的心更敞亮

一个扶贫驻村队员的日记

桃花燃尽，幼桃长出
这期间要追肥、剪枝、防虫
村里的贫困户都入股合作社
每家每户要安排有偿劳务
贫困村不养懒人

一个人试图将一个村的忧乐
装进横格，铭刻于心
扶贫是一场攻坚战役
发展桃业是主战场
而危房改造也是不小的局部战
第三批还有五户房屋没改造
颤悠悠悬在他心中

学校开学多日，花朵正含苞
雨露计划要及时实施
四个低保户慢性病报销呈报表
还要拿到镇上盖章

夜已深，他爱这有犬吠的夜晚
打开朝城区方向的窗
妻儿此时应该熟睡了
连天的雨水，老父母出门是否方便……
他转过身，突然想起一件事
后天运肥的车辆要进村
那段冲毁的连接路
应该拖一车石子暂时垫上

那双手，带着光

王　冬

那时我还瘦弱矮小，那一双伸向我的手
我只见过一次
我抬起头，还看到了光
让我感动得窒息
我也立刻忘了自己的病体

后来他离开了我
离开了我们，一大群孩子
我们再也没有遇到过他
大家称他为贵州爷爷
走遍大陆的很多座山，栉风沐雨
在一个无比平常的夜晚
悄悄地离开了
临走前还在操心着我们

那些天，我坐在母校后门的石头上
我用手擦眼泪而不用纸，流泪而不出声

我们一大群孩子，在中国各地
在同一个时刻埋头落泪
直到心脏的疼痛缓下来

往后的时光里
我见过很多双手
有些纤细白皙，有些粗糙枯黄
却不是那时的温度

后来的后来
我回家乡山区支教
在小朋友给我编的植物手环上
我重新看到了那道光

为了见我
阳光透过木头的缝隙穿过来
我立马伸出手接住了
那是他留给我的，我知道
留给我，也留给我们

扶贫路上（组诗）

黎大杰

第一书记张进

张进去木桥田村当第一书记
那天太阳烈得很，他一个人进村
村民没有一个人认识他

村民只喜鸡鸭鹅的欢叫，关心庄稼长势
村民不喜开会，第一次村委会只来三个人
来的人说，其他人都在坡上，忙

会后，村民都奔村委会来了
他们除了关心家事，也想看看机关来的当家人
那一周，张进没有回城

暗访组抵达木桥田村时

张进正在樊子荣新房顶上帮盖瓦，太阳好大
针一样刺他脸，汗水牵线子滴落檐下

那天晚上，我们几个同学请张进回城喝酒
他带来了几个木桥田村的村干部
张进醉了，全然不觉吐出来的多了好些粗鲁话

山坡上有本作业本

风吹，风在山坡上吹
风吹开一本破旧不堪的作业本
风吹得作业本子上的字哗啦啦地响

狗娃子将一挑粪担上山坡后
就在土边草丛中睡着了，他把作业本拿出来
盖在脸上遮阳光

狗娃子是作业本的主人，狗娃子说不读书了
狗娃子在照顾爸爸时偶尔翻一下作业本
狗娃子想将庄稼仔细种在他的作业本上

每一个字都能在作业本上找到自己的位置
就如不让一个孩子因贫辍学一样
精准识别，建档立卡，让每一个字都回归到作业本中去

风还在吹，风不厌其烦地吹
吹得作业本上的字哗啦啦地响
狗娃子站起来，似将军指挥作业本上的字

樊子荣是我的定点帮扶户

樊子荣这一辈子要住木桥田村，这是肯定的
两间破木房，老两口，和一群成了他们孩子的鸡鸭鹅猪
木桥田村没有木桥，只有树和草木以及贫瘠的田和地
田和地里的庄稼长得参差不齐，樊子荣家是我的
定点帮扶户，是木桥田这块地里长得最矮的一株玉米秆
开车一个半小时到他家，樊子荣正在堂屋头撒玉米粒
喂鸡，堂屋头堆了厚厚的一层鸡鸭粪便
这是我第六次到他家了，我说，老樊
你家符合三建五改，可以重修。他一副愁眉苦脸的样子
我知道他愁钱。我说老樊，钱不由你出，财政补贴
你只负责配合。樊子荣呵呵地笑了，两只手在裤脚上搓着
又反复擦着，不知道该放在什么地方
拆卸，备料，进场，施工，粉饰，不到半个月
砖房比地里的玉米秆高了几倍。樊子荣望着新房傻傻笑了
此时的他，就如看到地里玉米怀胎了头上挂红须一样

扶贫路上

逍　遥

水泥路弯进了村子，却没有弯进贫穷
太阳的触角和书记的脚步在延伸——“扶穷先扶志”
一定要将富裕的基因注入这个小山村的一草一木
让每一个山弯都做着和我们一样的中国梦——
哦，前面那一棵松树伸长了巴望的脖子
脚跟，抓住了狂草的手
一朵野棉花听到扶贫的号角，也张开小嘴歌唱
柔情，漾开命运的波澜……

张兴强家的房子垮了，书记马上签发扶贫资金
并指示有关部门及时把太阳月亮的光芒投射过来
农业局长还送来了粮食和水果，一座小洋楼
几个月就挺直了腰杆，张兴强的腰痛病从此痊愈
李新莲的老公得了心脏病，自己也是糖尿病晚期
卫生局送医送药，人民医院免费手术，扶贫办
又送来扶贫资金，红十字会还号召社会捐资五十万
终于将贫病交加的李新莲家“治”好了

赵智发在水利局的帮扶下实现了“鲤鱼跃龙门”
花儿，簇拥笑脸
孙小芳的果园里无论早晚都充满了清朗的笑声
枝柯，追踪篝火
王宜兴家的养鸡场又充满了鸡叫黎明的高亢
雏鸟，完成蜕变
周启龙的蔬菜棚里冒出了“绿色农业”的新芽
月亮，盘腿而坐
……

回城的路上，书记的脸上开始舒展笑颜——
粉红的荷语，托起太阳
山村，盘旋
果树，成山
他每次回头，不是将太阳的光辉牵进山村，就是
用月亮的镰刀收割田野的庄稼……

电话号码——健康扶贫小记（外一首）

向鹏程

已是深夜
接到老人电话的时候，一颗留守的星子弹出了微光
救护车一路风驰且坚定。像一秆芦苇
让水底的人抓住了上帝的衣袖

其实，伏笔是几个月前就深埋好的
在村卫生室，参与义诊的听诊器、心电图和血压计
一直保持着内心的温度。与我们留下的电话号码一起
串联出生命流淌的轨迹

此刻，迷失远洋的船只已经返航
故乡的触感还是记忆中那么柔软。田里的庄稼正庆贺丰收

还记得那夜，医生折回去关掉了老人家里的白炽灯
他说，总有一束光，会从别的地方亮起来

山路弯弯

路还在向上蜿蜒。两边的绿色
让出了一条黄色细蟒，我们踏在这结实的土地上
每走一步，心里就多一分苦涩
像秋天落下的柿子，被抽干了澎湃的热血

今天要走访的老人家远
一盏孤灯。微弱地、遥远地亮着
给自己亮着。漫长的时光，写满了自知的冷暖

路还在向上蜿蜒。我们的心思却很直白
今天去老人家的目的只有一个，就是告诉他
镇上的移民搬迁，已经为他预留了一套房
镰刀一样参差的生活，如今该迂缓下来了

在高桥安顿下来（外一首）

李金贵

在高桥安顿下来，河水向东山风朝西
夜和晨的寂静完整而圆满

山们是被风撕碎了的，懒懒散散
随性趴着，风大一点，就会被吹掉河里

云和雾上到高桥，水也上到高桥
云水雾都驻到高桥，日子变得润泽诗意

高桥的雨天，天空就要低一些
冬天要慢一些，人心变得平和宁静

光阴渐次落散，在稀薄的草间
春耕的身影在45°的山间土地迎风而壮

高桥的晴天，阳光澄澈透明，映照人心
天空深邃高远，装着世间最美的风景

在高桥安顿下来，河水里装满阳光
岁月有声，晨和夜的点点星光干净悠远

五月，在鸽子花城安顿下来

带上一些柴米油盐，一定带上一分情怀
五月叶绿花开，我来到这里并安顿下来
这里的山高水高太阳低一些，天空澄澈
在这里，和土地近一些，和爱人远一些
在这里，我会懂得近的深情，远的情深

在这里，我安顿下来，并会诚挚地记住
每一个陌生人的名字，我们在一起喝酒
一起谋求生活富足，一起讨论诗和远方
在这里我安顿下来，村庄安详人情和美
我心怀感恩，在这里，是缘分也是使命

把这里的路一一点清，让脚步收集感动
再和每一座山相识，记住每一条水的甜
在月华泻地的夜晚，轻轻握住几声鸟鸣
可以兑酒，也可入梦，最好作为一味药
用来治疗久居尘世的病和安抚躁动的心

打包一首诗，带上纸和笔，向远方出发
一生中总该去经过一些地方，停留或者
离开，一生中总该有用来忘记的人和事
就让一些忧伤在所难免，一路风雨不息
把心安顿好，在路上，任岁月匆匆来去

注：鸽子花城，即贵州省纳雍县。